留学ぶっつけ本番!

6人の女性のその後

片寄 有智子
Uchiko Katayose

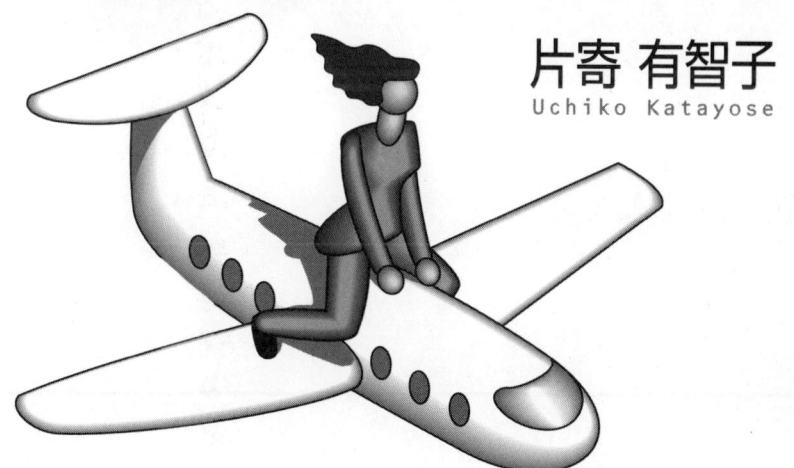

文芸社

プロローグ

　あっという間の9年だった。高校3年生からアメリカに渡り、そのまま大学、就職と、アメリカで過ごした。日本に帰国してから、男女問わずいろんな人から「アメリカで何をしていたの？」「どうして帰ってきたの？」「アメリカのほうが住みやすいでしょ？」「やっぱり、彼氏は外国人？」といった質問を投げかけられることが、非常に多いことに気づいた。

　留学することは、ごく自然な流れだった私にとって、そういった質問をおもしろく感じた。「なるほど、そういうことを知りたいんだ」と。実際、日本ではなかなかしないだろう、いろんな体験をしたのだし、忘れないうちに綴っておいたほうがいいと思った。

　私のケーススタディだけだと、偏ってしまうと思ったので、同じく英語圏で大学を卒業した友人たちのケーススタディも一緒にまとめてみてはどうかと考え、私がよく聞かれる質問を書き出して、答えてもらった。

　How to 留学本は数多く市場に出ているけれど、実際海外の大学を卒業して、どうだったのか？　その後、今は何をしているのか？　という After 留学体験リポートで、リアル感のある本を目にす

ることがなかったので、「これはいいアイデアかもしれない！」と単純に思ったのが、この本を書いたきっかけとなった。大勢の友人たちに賛同してもらって、完成させることができた。みんな、ありがとう！

　留学というのは、語学以上に様々なことを習得する。実際に留学してみないと学べることではない数々のこと。留学経験のない人たちに「留学とはこういうものなのか」という感じだけでも摑めてもらえればと思う。
　また、同じように留学した人たちにも、「分かるよ！」と共感してもらえて、留学をさせた親たちにも、決断は間違っていなかったと再認識してもらえれば嬉しい。そして、もちろん、これから留学を目指す人たちにも、いいアドバイスブックとして、参考にしてもらえたらなお最高！
　私、そして友人たちのケーススタディにおいて、留学を通じて感じたこと、得たことなどに共通点が見受けられる。そのあたりを注意して読んでみていただけるとおもしろいのではないかと思う。

---目次---

プロローグ 3

Case Study Ⅰ——わたしの場合 ... 9

留学のきっかけ 11

留学前の海外体験 13

留学先の決定 14

1 アラバマの高校（1990年8月〜91年5月） ... 16

アメリカの田舎町へ 16

アメリカン・ハイスクールのスタート 18

初の問題 21

悪夢の始まり 22

さみし〜い食生活 24

意地悪なホストシスター 25

同級生のホストシスター 28

クリスチャン 29

楽しい授業 30

もしかして、私ってブス？ 31

クリスマス 32

支えてくれた日本人の友人たち 33

つらいつらい思い 34

運命的な出会い 34

英語力の向上　37
卒業　38

2 コネチカットの大学（1991年9月〜93年6月） ………… 40
夜遊びの街、東京　40
コネチカットの大学寮生活　40
車生活　43
初めての一人暮らし　45
メキシコへ　47
アメリカいい加減説　47

3 ニューヨークの大学（1993年9月〜96年1月）……… 50
念願のマンハッタンへ　50
食が豊富　53
スペインへ　53
環境の良くない街　54
補習サマーコース　56
ユーゴスラビア＆ハンガリーへ　56

4 現地就職 ……………………………………………… 60
訴訟の国、アメリカ　62
アメリカの男 VS 日本の男　64
現地転職の厳しさ　65
アメリカを離れない人たち　67
9年ぶりの日本での生活　68

アメリカで得た大きなこと　70
そして　70

Case Study Ⅱ──5人の女性の場合 ················ 73
 1　りか ·· 75
 2　ともこ ··· 91
 3　さくら ··· 103
 4　さえこ ··· 115
 5　あやこ ··· 137

5人の女性の
　　プロフィール／留学内容

5人の女性にたずねたこと
　　①留学を決めた理由
　　②留学前のホームステイおよび海外旅行経験
　　③留学先を選んだ理由・評価
　　④大学での専攻と選んだ理由
　　⑤専攻した学部での学習は役立っていますか？
　　⑥留学において予定以上にかかった費用
　　⑦英語をマスターするために努力したことは？
　　⑧卒業後の経歴
　　⑨日常生活で英語を支障なく使い始めたのはいつ？
　　⑩留学における心に残るエピソード

⑪(海外在住者に対して)海外で生活しつづける理由
⑫(帰国者に対して)海外生活にピリオドを打った理由
⑬海外生活においてつらいこと
⑭どういう文化の違いを感じますか？
⑮日本と留学先の文化の共通点は？
⑯海外で生活すると日本人男性に魅力を感じなくなる？
⑰どこの国も日本ほど安全ではない？
⑱海外生活で得たこと・得ること
⑲留学しなければ日本で何をしていましたか？
⑳留学していた国についてどう思っていますか？
㉑もし生まれ変わったとしても留学しますか？
㉒兄弟・姉妹も留学されていますか？
㉓海外での経験は今どのように生かされていますか？
㉔(帰国者に対して)習得した英語のスキルをどのように維持していますか？
㉕(海外在住者に対して)海外における日本語との関わり方は？
㉖(帰国者に対して)日本に帰国してカルチャーショックはありますか？
㉗(海外在住者に対して)帰国する可能性は？
㉘(帰国者に対して)海外で生活する可能性は？
㉙将来の目標は？
㉚これから留学する人へのメッセージをください

Case Study I
わたしの場合

留学のきっかけ

　留学の動機、留学を思い立った時期、選んだ留学先は、人それぞれ違う。

　私の場合は、小学生のころにアメリカ留学はすでに計画していた。少しヘンな子供だったので、「出る釘は打たれる」日本には合わないと感じていた。幸い、両親もアメリカ留学には賛成してくれていたので問題はなかった。

　父はそのころ、真面目なジャパニーズ・サラリーマン（現在は、ジャズバーを経営）だったが、母は、円安（1ドル＝360円）であった学生のころから仕事をして、お金を貯めては世界中を旅して遊んでいるような自由人。現在も母のバックパッカーの旅は続いている……。その度に、いろんな国のお土産を私と妹に買ってきてくれる。旅行先も僻地を好み、100円ライターと物々交換でゲットしたトルコ石のネックレスやイランから担いで帰ってきた絨毯など、とにかく風変わりなお土産を買ってくるのだ。それにも関わらず、海外でのコミュニケーションはボディランゲージなので、自分の子供たちには世界中の人とコミュニケーションがとれる英語を完璧に学んでもらいたいと強く望んだのだ。

　そんな両親の影響を受けて、早いころから海外に強い憧れを持った。小学生のころから中学生まで、英会話教室にも通っていた。勉強をしているという感覚はなく、海外に少しずつ近づいていくことの一つをしている気がして、楽しかった。

家で見る映画のほとんどが洋画で、小学生なのに、「愛と青春の旅立ち」を劇場で観て感動した記憶があるほど。そのころのリチャード・ギアも若くて、かっこよかったし！　音楽も中学になると、洋楽がメインで、BON JOVI にはまった。大好きな JON の歌詞を理解したいと、歌詞カードを翻訳したり発音をマネたりして、私にとってかっこうの英語勉強法となった。その他、台湾、アメリカ、ノルウェー、ハンガリーにペンパルを作って、手紙の交換をしながら、ライティングの勉強代わりにもしていた。この時、単純に「世界各国にお友達を作りたい」と思っていた。

　実際は、高校 1 年生から留学したいと思っていたものの、「日本語を最低限習得してから留学しないと、今でも怪しい日本語がますます怪しくなってしまう」という両親の意見を素直に？　受け入れて、中学までは、いわゆる普通の公立校に通った。とにかく早く抜け出したくて仕方がなかった。
　そして、見かねた母が見つけてきたのが、大阪に新しく設立された"YMCA インターナショナル・ハイスクール"という海外留学を目的とした勉強をメインに行う私立校だった。私は一期生だった。自由で縛られず、みんなでルールを作っていくという不思議な方針の学校だった。この学校の同級生たちは、皆とても個性的で、びっくりするほど将来の目的に対してしっかりとしたビジョンを持っていた。似たような環境の子たちが多かったので、友達もたくさん出来、とに

かく学生生活をフルにエンジョイできた。

留学前の海外体験

　高校1年生の夏に、学校の友人と一緒にインド経由の安いフライトを利用して、友人が以前通っていたイギリスのフリースクール（シュタイナー教育を実施する学校）に、1カ月ほど遊びがてら見学に訪れた。たどたどしい英語を使いながら、B&B（朝食つきの安いホテル）を泊まり歩いて、アフタヌーンティーを楽しんだり、マクドナルドで注文をして、全く違うモノが出てきたりということも体験した。ブリティッシュパブでは、イギリス人のおじさんたちがビールをご馳走してくれたりもした。憧れていた初めての海外で、とにかく全てに感動しっぱなしだった。

　そういえば、こんなことがあった。ロンドンから田舎町へ向かうバスに飛び乗って、10分くらい走ってしまった後、乗ったバスの行き先が違っていたことが判明。すると、バスの運転手さんが乗るべきバス停まで、バスごと引き返してくれた！　周りの乗客はただ唖然としていたけれど。
「イギリス人はあまり親切じゃない」と誰かから聞いていていた記憶があったけれど、一体誰がそんなことを言ったんだろう？

　高校3年生の修学旅行にはタイへ。現地の高校生たちと交

流して、やっぱり世界のいろんな人たちと交流するには英語が必要なんだと、英語の大切さをしみじみと感じた。お寺にショートパンツで訪れると、「寺院内で肌を見せることは禁じられている」と注意され、長いスカートを貸してくれた。ここで、宗教の違いというものを体で体験した。旅行から戻って、次の日学校に行くと、クラスの半分がお腹を壊して休んでいた。村の人たちが作ってくれたご飯は心がこもっていて、おいしかったけれど、程度はそれぞれながら、全員当たってしまったのだった。

それから、同じ年の夏に、ニューヨークに家族旅行した。地下鉄は怖い！　というイメージがあって、どこに行くにもタクシーで移動していた。やっぱり、ニューヨークは刺激的でかっこいい！　絶対住みたい街だと思った。

留学先の決定

日本で高校を卒業してそのままアメリカの大学に入って、アメリカ人の学生と肩を並べて勉強できる自信はなかったので、まず高校３年生からアメリカの高校に入って、慣れてから大学にストレートで入りたいと親を説得した。
「アメリカの高校＝自由でワイルドな学校」というイメージを抱いていた私が希望したのは、やっぱり制服のない公立高校！　私立高校であれば、自分自身で留学したい州と学校

を選択して、アレンジすれば OK なのだけれど、公立高校に限っては、交換プログラムを利用しないと入学は難しい。ということで、高校生私費留学プログラムを斡旋する教育交流団体（PIEE）を利用することになった。政府が学費などを免除してくれる留学プログラムというのもあったが、スカラシップが取れるほど優秀ではなかったため、私費留学しか手はなかった。

　日本では、インターナショナル・ハイスクールに通っていたため、私服でピアス＆化粧を含むなんでも OK の環境。化粧をしっかりして、スーツでビシッと決めて、留学先を決定する面接に行ったら、不良と間違われてしまったらしかった！

　そのため、憧れていたアメリカの都会の高校への留学は閉ざされ（遊ぶから？）、それまで耳にしたことのない田舎のアラバマ州に送られる結果となってしまった。電話で行き先が告げられた時には、まだ事態をよく把握していなかった。
「アラバマ州バーミングハムに決まりました」
「え？　それってどこですか？」
「ご自分で地図を見て確認してください」

　そう言われて、父とアメリカの地図をテーブルの上に開いて見ると、アラバマ州は、ジョージア州とミシシッピ州の間。フロリダ州からもそう遠くないように見える。それにバーミングハムは、地図を見る限りでは都会のよう。とにかく、初めてのアメリカ、そして、これからの楽しくなるだろう高校生活に大きな期待を膨らませていた。

1 アラバマの高校 (1990年8月〜91年5月)

アメリカの田舎町へ

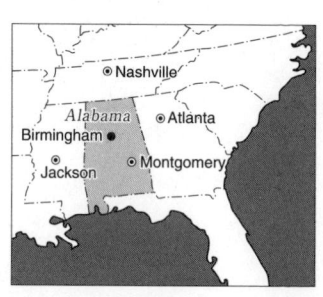

当時、私はまだ17歳の苦労知らずの子供で、とにかく楽しい日本の高校生活を送っていた。金曜日は派手にめかしこんで、授業が終わるとそのまま出かけ、クラブでオールナイトしたり、友達のアパートでパーティをやったりと、勉強をした記憶がないほど充実していた。

両親が猛反対したので、バイトをかけもちして自分でお金を貯めて、中型二輪の免許を取り、250cc のバイクを買ったこともあった。保険料を計算に入れていなくて、親に払わせてしまう結果となったが、「地下鉄には痴漢が多いから」という理由で、バイク通学していた。

そんな私が受け入れられたのが、ど田舎のアラバマ州バーミングハムの公立高校だった。私がアメリカの高校について思い描いていたのは、よくハリウッド映画に出てくるような自由で楽しい、日本よりワイルドな高校生活。

ところが、それとは全く正反対の生活が待ち受けていたのだ。

英会話をてっとり早く学ぶには、ホストファミリーと一緒

に住むのが一番いいと思ったので、迷わず決定。保護者がいるほうが両親も安心するだろうと思ったためでもある。受け入れてくれたのは、猫と暮らすおばあさんのマージェリーだった。

　1990年8月26日、これから同じように留学する高校生たちと大阪からロサンジェルスの空港まで、一緒に飛んだ。
　その日のことで記憶に残っていることがある。当日になって、空港に現れなかった子がいた。付き合っていた彼氏が泣いて、行くなと言ったから……というのが理由だったらしい。まだ若くて、いつ別れるか分からないような相手とアメリカとを天秤にかけて、男を選んだ彼女が、私には不思議で仕方がなかった。彼と一緒になったのだろうか？　あの後、アメリカに留学することはあったのだろうか？
　今でこそ、価値観の違いと理解できるが、当時、アメリカに大きな夢を抱いていた私にとって、どうしても理解のできない彼女の決断だった。

　ロサンジェルスまでは大勢だったのに、サウスキャロライナまでの道のりでは、私を含め三人に減った。そこからアラバマまでは一人だった。心細く感じながら、小さい飛行機に乗り換え、アラバマに到着。むぅ〜とした熱気を感じながら、出口を出ると、留学生コーディーネーターのクリフと奥さんのジーン、そしてホストマザーのマージェリーが笑顔で迎え

てくれた。

「お腹が空いているだろう」と言って、とりあえず連れて行ってくれたのは、"マック"。クリフは、留学生に慣れているせいか、私の話す英語も理解してくれ、ゆっくり会話してくれたので安心した。ところが、マージェリーは、一人暮らしも長く、おばあさんで、そのうえ留学生の受け入れは全くの初めてだったので、なかなか意思の疎通が難しかった。

かわいい家で、2階にある私の部屋は清潔で広く、快適だった。たどたどしくも順調に暮らして4日後、メキシコからの留学生、モニカが家にやってきた。

マージェリーとは共通の話題もなく、あんまり会話も弾まなかったので、同年代のモニカが来てくれたおかげで、嬉しいと同時に力強く感じた。ただ、モニカはほとんどゼロと言っていいほど英語が話せなかったので、マージェリーとは会話が出来ず、私がスペイン語と英語の辞書を広げて、コミュニケーションを図るしかなかった。

アメリカン・ハイスクールのスタート

朝早く（7：30！）、モニカと二人そろって黄色いどでかいバスに乗って学校に通わなければいけなかったのは、かっこ悪くて嫌だった。日本ではかっこよくバイク通学していたのに！ 3年生ともなれば、大体車で通学するのが当たり前で（16歳以上から免許が取れる）、私たち二人も映画で観るようなかっこよくて大きなアメ車で学校に通うことに憧れて

いた。

　学校には、モニカと私以外の留学生はいなかったので、校長先生に全校生徒の前で紹介されるほど珍しがられた。アジア人も私以外に、アメリカ生まれの韓国人や中国人が数人いるくらいだった。そのため、色んなクラスの生徒や先生が話し掛けてくれたりして、大切にしてくれた。みんなとても親切で優しかった。時々陰で、"Yellow monkey！"（アジア人に対する差別用語）と叫ぶお馬鹿さんもいたけれど。

　モニカは、全然英語が話せなかったので3年生のクラスには入れず、2年生のクラスに入った。そのため、クラスで会うことはなかった。卒業を目的として来た私と1年間限定の英会話の勉強と割り切っていたモニカとは、勉強に対する心構えに大きな違いがあった。

　私のクラスは、代数Ⅱ、政治、アメリカ史、タイピング、英語、スペイン語の6教科。家でモニカと会話をするたびに、少しずつスペイン語も覚えていくので、第二外国語のクラスは迷わずスペイン語を選択した。タイピングのクラスは、日本の高校で取っていたこともあり、簡単だった。また、スペイン語は日本語の発音と似ていて問題なかった。日本人である私も、文法が得意だったので、スペイン語の文法も簡単に感じた。

　その他のクラスがとにかく大変だった。日本で英語の成績は良かったし、そこそこできる気でいたのに、授業でノート

が取れなかった。英語さえ理解できれば、めちゃくちゃ簡単だろう宿題にも3時間以上費やしていた。まず、問題がどこを指しているのかが分らなかった。

　このころ、よくラジオから流れてきたラブソングのフレーズ"At six o'clock in the morning, I'm still thinking about you ……"（朝の6時、僕はまだ君のことを考えている）をもじって、"At three o'clock in the morning, I'm still studying American History ……"（朝の3時、私はまだアメリカ史の勉強をしている）と替え歌にして、一人寂しく口ずさんでいるのを覚えているほど……。

　アメリカの高校で人気だったのは、やっぱりアメリカンフットボール。試合観戦をするのはエキサイティングだった。いわゆる学校の人気者のかっこいい男の子たちの大半がフットボールの選手で、綺麗で賢いチアリーダーの彼女がいるというパターン。憧れたぁ～！　チアリーダーは、容姿が良ければ誰でもなれると思っていたら、そうではなくて、成績もHonor（優秀）レベルの子が多いのには驚いた。

　嬉しいことに、目をつけていたフットボール選手の二人の男の子たちとタイピングのクラスが一緒で、よく話し掛けてくれた。一人はしゃいでいたが、今考えれば、ただよっぽど物珍しかっただけなんだろう……。

初の問題

　マージェリーが機嫌の悪い時には、宿題をしていても「早く寝なさい」と言いながら、ぶちっと電気を消されることがあった。こそこそと小さいライトを点けて勉強するしかなく、これには困った。それだけでなく、モニカも私もまだ17歳で、食べ盛り。おばあちゃんのマージェリーと食欲が同じはずがない。夕食は冷蔵庫の中に入っているピザやハンバーガーを自分たちで作らなければならず、いつも夕食の量が足りなかった。夜中に冷蔵庫をあさったりしていた。アイスクリームしか入っていなかったけど。

　9月に入ってすぐ、マージェリーが、セカンドハウスのあるミシシッピに車で連れて行ってくれた。私たちに充てられた部屋は1階で、「ガラスのドア（開けるとすぐ外）を絶対開けないように」と言われて、モニカと同じベッドに入った。すると、ごそごそと音がする。
「何？　何？」と二人ではしゃぎながら電気をつけると、なんとかわいいリスが部屋にまぎれこんでいた。外に出してやろうと二人でドアを開けて、きゃ〜きゃ〜やっていたら、怒った顔のマージェリーが私たちの部屋にどかどかとやってきた。「あれほど開けるなと言ったのに！」と言う彼女に、私たちはたどたどしい英語で反論したけれど、聞き入れてもらえなかった。
　それからというもの、マージェリーとの間にコミュニケー

ション問題がたびたび起こり、若いティーンネージャー二人の対応ができないと、結局モニカと私は、ミシシッピ・リス事件後、2週間ほどで追い出されてしまった。電話が長いだとか、時々バスに乗り遅れたときの送り迎えが大変だとか、ご飯が足りないだとか、いろんなことが積み重なってしまった結果だったと思う。

　実際、自由奔放に育った二人のティーンネージャーと一緒に暮らすことは、容易ではなかっただろう。

　次のホストファミリーが見つかるまでの間、二人とも、クリフの家にお世話になった。彼の家にも、別のメキシコからの留学生がホームステイしていた。それにも関わらず、私たち二人を優しく受け入れてくれたのには感動した。文句一つ言わずに、英語も教えてくれて、本当にとても親切な老夫婦で、私たちは大好きだった！

　4日ほど経って、私の次のホストファミリーが決まった。残念ながら、モニカと離れ離れに暮らすことになってしまった。私は学校を変わらずに済んだが、モニカは違う学校に移っていってしまった。

悪夢の始まり

　新しいホストファミリーの家まで、クリフが連れて行ってくれた。まさに森の中に家があり、家の前の道をはさんで、すぐに教会があるのだ。ただそれだけ。隣の家も見えない。

牧師のお父さん、高校の先生のお母さん、大学生のお兄さん、同じ17歳の女の子、7歳の女の子という家族構成で、毎週日曜日には、牧師のお父さんが家の前の教会で説話するのだ。大学生のお兄さんは、ミシシッピかどこかの学校で寮住まいをしていて、休暇にしか帰ってこなかったので、その部屋を私が使わせてもらうことになったのだ。

　よくアメリカ人が、「私は、クリスチャン」などと言うが、それまで、そんなに宗教的な人たちには会ったことがなかった。ところが、このファミリーでは、毎晩夕食の前にお祈りをし、食事が終わると、家族を囲んで聖書を読むのが日課だった。冗談抜きに、本当に毎晩！

「私はクリスチャンじゃないし」とやんわり断ると、「英語の勉強にもなるし、この家で生活する限りは、家のルールで」と言われ、毎晩夕食後の聖書と毎週日曜日の朝9：30～12：30の教会と夕方18：00～21：00のユースグループ（いわゆる子供たちのお勉強会）は避けられなかった。土・日でも、朝も夜も早いスケジュールに慣れるまで時間がかかった。大体毎晩、23：00には、みんな寝てしまうのだから！

　さらに、7歳のホストシスターがいるということで、キスシーン以上の場面が出てくる映画を家で観ることは禁止。例を挙げれば、この時期流行った「プリティーウーマン」。フッカー（売春婦）のハッピー・エンディング・ストーリーなんて、けしからん！　というのだ。

高校生なのだから当たり前だといえば当たり前だが、日本で飲んでいた大好きなお酒も禁止。車の運転も危ないので禁止。

　遊び好きの高校生だった私にとって、これは拷問に近いものだった。おばあちゃんの次は、厳正な牧師ファミリー！ 私の描いていたアメリカのワイルドな高校生像は、ここで崩れ去った。

　森の奥にある家から遊びに連れ出してくれるような不良高校生もおらず、学校から帰ると、モニカとバスでモールに行き、家では観られない映画を観に行ったり、ショッピングをするくらいしか日々の楽しみはなかった。

　それ以外は予習復習をしているという模範生に生まれ変わざるをえなかった！

さみし〜い食生活

　質素な暮らしをモットーにするクリスチャンだったので、いつも夕飯が足りなくて、とにかく侘しかった。辛かった。夕食が18：00なので、勉強していて20：00を過ぎると、どうしてもお腹が空くのだ。"痩せの大食い"なので、普通の人よりも食べる量が多いせいもあるとしても。

　朝は、シリアルとオレンジジュース。ランチは、薄いピーナッツバターサンドかハムサンドだけ。夕食にハンバーガー1つだけとか、小さなホットドッグ2つだけだったりしたこともある。1年間ステイして、外食が一度もなかった。

代わって、モニカは、リッチなファミリーに受け入れられたので、食べ物にはかなり充実していた。会うたびにぶくぶくと太っていく姿が、憎らしくさえ感じられるほど、私の食生活は侘しかった。アラバマ生活終了時には、彼女は10キロ強も太っていた。時々、彼女のホストファミリーが、ゴージャスなディナーに招待してくれた時には、嬉しくて涙が出るほどだった。

　結局、毎月送られてくる親からのお小遣いは、自分の部屋にキープする夜食に消えていた。

意地悪なホストシスター

　これだけでもつらいのに、7歳のホストシスターはひどかった。たびたび泣かされた！ ホストペアレンツが年を取ってから出来た子供なので、彼女を大げさなくらい甘やかしていた。本当に憎たらしい子で、下手な私の英語をしょっちゅうからかった。

"Which school do you go to ?"（どこの学校に通ってるの？）などと答えは初めから分かっているようなことを聞いてきて、私の間違いをあざ笑うのだ。本当は、"Shades Valley High School"が正しいのだが、いきなり質問されて、早く答えようとすると、日本人特有のLとRの区別が時々曖昧になったりすることがあって、"Shades Varrey High School"と答えると "There is no such school called Shades Varrey around here"（この辺りにそんな名前の学

校はないわよ）などと意地悪を言うのだ。モニカの英語にもたびたびちゃちゃを入れることもあり、二人でよく切れていた。「じゃあ、あんたはスペイン語話せるの？」「日本語話せるの？」なんて、10歳も下の子を相手に本気でむかついていた。

　唯一くつろげる場所であった私の部屋に勝手に入ってきて、勉強の邪魔をしたり、化粧バッグを荒らしたり、ベッドの上を土足でがんがん飛び跳ねたり。また、私のコーラに塩を入れたり、食事中スパゲッティを投げてきたり。食べ物で遊ぶなんて、信じられなかった。とにかく頭を悩まされた。

　でも、私の英語の発音が上達したのは、実は、この子のおかげなのだ。「こいつに馬鹿にされないように、完璧な英語を話してやる！」と決意し、発音が確かでない単語に関しては全て、ホストマザーか同級生のホストシスターに確認してから覚えるようにしたのだ。

　ある日、教会で、モニカはメキシコ料理を、私は日本食を作ってはどうかと提案された。森の中の家から出るときは、学校に行くときとモールに行くときくらいしかない私も、このときばかりは、ホストマザーがダウンタウンまでドライブしてくれた。

　天ぷら粉につゆの素、焼きそばを買って、私は天ぷらと焼きそばを作ることにした。慣れない私たちの手料理にもみんなが喜んでくれた。7歳のホストシスター以外は！

「くさ〜い。何この臭〜い」と大声で言いながら、窓を次々と開ける始末。もう我慢ならないと、"Shut up !"とこのときばかりは、大声で反論してやった。すると……"Mom ! Mom ! Uchiko said 'Shut up' to me !"（ママ〜ママ〜！ うちこが私に黙れ！ って言った〜）とホストマザーに駆け寄っていってしまった。私はホストマザーに呼び出され、「私の娘に Shut up という言葉は使わないで。Be quiet とかもっと Polite（丁寧）な言い方にしてちょうだい」と、どういう状況だったかも全く聞かずに、反対に私が怒られてしまった。悔しくて、部屋で泣いた。家の中に自分の味方がおらず、ひどく孤独に感じてしまった。こういった出来事がたびたび起こり、ホストファミリーとの関係に亀裂が入り始め、ホームシックは日に日に増していった。

　こんなに関係が悪いのに、ホストブラザーが大学の休みで何週間も家に帰ってきたりすると、私は部屋から追い出されて、7歳のホストシスターの部屋に泊まらされた。2、3日どころなら我慢も出来るものの、1週間以上帰ってくるということもたびたびあって、落ち着ける場所がなくて、胃が痛かった。当然ながら、ホストマザーは息子のホストブラザーのことが誰よりも可愛くて仕方がない、というのがありありと分かった。

同級生のホストシスター

　同じ年のホストシスターはとっても真面目な子で、お勉強ができる優等生だったので、英語はよく教えてくれた。信仰深いクリスチャンで、タバコやマリファナを吸ったり、お酒を飲んだりする学校のいわゆる不良？　の子たちをあからさまに蔑視したりするので、学校ではあまり好かれていなかった。

　そんな彼女が、教会のユースグループの男の子とデートして、夜中の１：30に帰ってきた日は驚いた。相手の男の子のお父さんから12：30に電話があって、私だけが勉強していて起きていたので、電話を取ると、「二人ともまだなのか」と心配していた。ホストペアレンツを起こそうかどうか迷ったが、１時間くらいして帰ってきたので、聞いてみると、彼に送ってもらって、11：00には家の前に着いていたのに、玄関の階段で話し込んでいたのだ。

　「そういうのってあるよね。分かる。分かる」と同感して、「どうだったぁ〜？」とニタニタ笑いながら、探ってみると、「何が？」と不思議そうに答えたのには、びっくりした。アメリカの高校生は日本人より進んでると思っていたのに、「そういうことは結婚するまでしないのが普通なの！」と怒られてしまった。

　次の日、彼はお父さんに怒られたのか、ホストペアレンツに謝りにきた。「彼女を遅くまで引き止めてすみませんでした」と！　本物のクリスチャンカップル！

クリスチャン

 教会に行くこと、聖書を読むことを信者でない私に押しつけるこのファミリーの何もかもが嫌になった。
「聖書も古い難しい英語で、全く理解できないから意味ないよ」と毎晩の聖書を放棄しようとしたら、ホストファーザーが、どこから買ってきたのか、日本語訳されて、隣には英語が書いてある聖書を持ってきた。「ほうら、これなら問題ないだろう。君は日本語でみんなの前で読めばいいよ。日本語のサウンドを聞くのも楽しいしね」と言われてしまった。なかなか手ごわいと思った。どうせ日本語で何を言っても分からないんだし、私はみんなに聖書を読んであげているフリをして、「無理やりこんなことさせるなんてヒドイ」「もう帰りたい」「あ～めんどくさい」などと愚痴を言っていた。かなり子供じみていると思うが、これは意外にストレスの発散になった。

 聖書に対する納得できない点について、よくホストマザーと議論をした。例えば、違う宗教同士の争いだとか、同じクリスチャンでも違う宗派があって、互いの見解を認めないことなどがどうしても理解できなかった。宗教は、人と人を繋ぐよりも、反対に人間関係を壊してはいないか？ と。
 特に、「アダムとイブの神話」を心から信じていて、進化論を否定する人がいることを知らなかったので、驚いた。その議論をした翌日には、「Collapse of Evolution」（進化論

の崩壊）という本を手渡された。「ほら、こんなに有名な学者も書いているように、アダムとイブの神話が正しいのよ」と。白旗！

楽しい授業

　家でくつろげない私にとって、学校は私の唯一の逃げ場だった。

　日本で落第点しか取ったことがなかった数学もオールＡで、スペイン語のクラスもオールＡ。スペイン語のクラスでは、Honor Society にまで認定されるほどだった。

「英語を勉強している彼女が、英語でスペイン語を勉強してＡが取れるのに、英語が完璧なはずの君たちは一体どういうことなんだ！」とたびたびクラスに問いかける先生は、本当に大事にしてくれて、最高のスペイン人の先生だった。日本のこともよく知っていたし。

　もちろん、すべてがうまくいっていたわけじゃない。長文を読んで問題に答えたり、ディスカッションの多い歴史のクラス、そして、文法はなかなかいいにしても、シェイクスピアを原文で読んで分析したり、エッセイなどを書いたりする英語のクラスはきつかった。

　先生も優しくなかった。「このままだと卒業できません」といった忠告レターをホストファミリーに送りつけるほど！でも、生徒たちは親切で、テスト前になると私のためにノートを作ってくれて、勉強の仕方を教えてくれたりした。

ある日、3年生すべての歴史のクラスに行かされ、日本について語るという日が設けられた。
「アラバマで車のライセンスを取るのは30ドルくらいだけど、日本では学校に1ヶ月ほど通わなきゃいけなくて、しかも20万くらいかかるんだよ」
「日本は物価が高くて、喫茶店でコーヒーを頼むと5、600円くらい。場所によっては1000円以上のところもあるくらい」
「週末には、クラブやバーに行って、オールナイトして遊ぶの」などと言うと、みんなの目は点。日本人はもっと真面目だと思っていたらしい。
"Are you Ninja?"（君は忍者なの？）と聞く子に対して、"No, but my granpa is."（私は違うけど、おじいさんはそうよ）と言って驚かせたりした。（もし、まだ信じていたらごめんなさいだけど）。
　着物やニンジャといったイメージのみで、ほとんど日本に対する知識のないアラバマの高校生は、とても純粋で、ワイルドなアメリカの高校生を想像していた私には衝撃的だった。同時に、自分が日本のことを全然知らないことに気づいた。

もしかして、私ってブス？

　モニカやホストシスターと並んで写真を撮ったりした後、ひどく劣等感に悩まされた。
　アジア人であることが浮き彫りになって、どう見ても綺麗には見えない。お尻や胸の付いている位置は違うし、彼女た

ちと比べて目もぱっちりしてない。ドレスなどを着ると特に、ゴージャス感が違うと感じた。子供に見えてしまう。

物珍しいという理由で話しかけてくれる男の子たちはいたけれど、モテなかった。日本では出来た彼氏も、アラバマでは出来なかった。アジア人の顔である自分が嫌だった。とはいえ、大したこともできないので、とりあえず、象徴的な黒のストレートロングヘアーは止め、パーマをかけて、ブラウンにした。

どうあがいても自分は本当にアジア人なんだ！　という当たり前のことを、強く再認識した。

クリスマス

全校生徒の前で、先生から学校のＴシャツをプレゼントされた。スペイン語クラスの下級生が、ブランデーを水筒に隠し持って入れてもってきてくれたのには、笑った。「あの家じゃ飲めないんでしょ」って。ホストファミリーともクリスマスプレゼントの交換をしたりして、それなりのクリスマスを楽しんだ。

クリスマスが終わってすぐ、モニカが２番目のホストファミリーから追い出された。ホストファーザーがモニカを可愛がるので、ホストマザーが嫉妬したのが大きな理由だったらしい。もちろんそれ以外にも色々と問題はあった。

次が見つかるまでの間、私のホストファミリーのお世話になった。ホストファーザーが、教会にくる信者の中で、誰か

受け入れてくれる人がいないか、打診してくれた。教会だけに、すぐに受け入れてくれるファミリーが見つかって、再び同じ学校に通うことになって、嬉しかった。

支えてくれた日本人の友人たち

　日本の高校時代に、仲の良かった友人たちも同じ時期に同じように留学をしていて、マサチューセッツ州に二人、イギリスに一人いた。マサチューセッツにいた二人とは、しょっちゅう電話で、愚痴を言い合ってた。
「思ったように英語が上達しない」「ホストファミリーが嫌だ」などなど。これが、互いにストレスの発散になった。私にとっては、日本語を話す少ないチャンスだった。
　イギリスに留学していた友人も、わざわざイギリスから日本食を送ってくれたり、日本の友人たちも手紙で励ましてくれたりして、感動させられた。さみしくて、情緒不安定だったのか、手紙を読みながら部屋で一人泣くことが多かった。

　マサチューセッツにいた友人の一人が、私の状況に同情してくれて、彼女のホストファミリーにお願いしてくれて、春休みの間、泊まらせてくれたこともあった。ホストファミリーから1週間だけでも逃れられて本当に嬉しかった。懐かしい日本食を食べたり、観光をしたり、ボストン大学などの大学見学をしたりして、リフレッシュできた。が、日本語ばかりを話していたので、少し罪悪感を感じた。

つらいつらい思い

　その日その日のつらいことを手紙に綴って、両親に送った。アラバマでの1年間で、トータル50通ほど。

　今から思うと馬鹿馬鹿しいほどつまらない出来事も、当時17歳だった私には冷静に受け止められず、適切に対応できなかったり、異国で、自分がひどく孤独でつらいように思えたのだ。甘えられる人もわがまま言える人もいなかった。

　友人の両親は定期的に電話をかけてきていたのに、私の両親は私がコレクトコールでかける以外は、電話をかけてくることはなかった。私はこの時、「なんて肝の据わった理解のある親なのだろう」と思うと同時に、「心配していないのかな？」とただ不思議だった。

　ところが、最近になって、「アラバマの1年は、お父さんなんて不眠症にまでなったほど、心配で仕方がなかったのよ」と母から聞いてびっくりした。まさに、知らぬはバカ長女だけ……。

　両親は共に話し合い、「彼女が決めた人生だから、見守ろう。何があっても覚悟しよう」と決めたそうだ。実際、極端に言えば、どこにいても100％安全という保証はない。アメリカのテロ事件にしても、世田谷一家殺人事件にしても。

運命的な出会い

　卒業が近づくぎりぎりまで、大学入学に必要な TOEFL の

テストを受けていた。これがなかなか大変だった。少しずつ英語が上達してきていることを体で感じながらも、スコアになかなか表れてくれないのが、フラストレーションとなった。

3月に TOEFL のテストをダウンタウンの試験会場に受けに行った時、なんらかのトラブルで、なかなかテストが始まらなかった。

こんな田舎町の一体どこに居たのか？ 日本人の子たちが何人か固まって話していた。極力日本語を話したくなかった私は、その輪を避けた。結局、近くにいたヨルダン、インド、イタリアの男の子たちと、ユーゴスラビアの女の子と話し始めた。みんな同じような英語のレベルだったので、会話が弾んだ！

結局何時間か待った挙句、その日の TOEFL は中止となった。ホストマザーに家まで送ってもらう時に、「今度はまたいつ試験場までドライブしなきゃいけないのかしらねぇ」などと嫌味を言われながらも、素晴らしい出会いにうつつを抜かしていて、全く気にならなかった。

4月に TOEFL のテストが再開されて、無事みんなでテストを終えた後、ユーゴスラビアの女の子の家で、みんなで夜中まで話し合ったりしたのは、感動だった。

みんな、同じように留学生だったので、「外から見ていたアメリカ」と「中から見るアメリカ」とのギャップ（特に前ブッシュ大統領の政策について）、自分たちの国、世界情勢など（そのころ、湾岸戦争真っ只中だった）について、意見

を交換できたのは、素晴らしい経験だったと思う。このネットワークがきっかけで、オランダからの留学生とも仲良くなって、インターナショナルな交流ができた。

その中でも、親密な関係になったのは、ユーゴスラビアからの留学生のティアナだった。全く違うバックグラウンドを持ちながら、価値観の合う人に会ったのは初めての経験だった。
ティアナは隣町の学校に通う同じ17歳で、彼女のホストファミリーは、またもや私のホストファミリーよりゴージャスで、日本好きで、Sushi Bar に連れて行ってくれたり、よくご馳走もしてくれた。侘びしい食生活の私には、最高だった。
初めてティアナと一緒に過ごした夜、二人で興奮気味に互いの夢、世界のこと、価値観などさまざまなトピックについて語り合いながら、「こんなに合う人が、全く違う過去を持つ外国人だったなんて、感激だね。凄いね」を連発していた。「もし、私たちが男と女だったら間違いなく付き合ってるね！」と笑った。
モニカやその他学校の友人たちはいたが、価値観が合う！と思える外国人にそれまで会ったことがなく、会えないのではないかと半ば諦めていたころだったので、とにかく言葉には言い表せないほどの感激だった。興奮してその夜は、二人とも眠れなかった。
4月中旬の春休みに、フロリダの豪華なウィークリーマンションに行く際にも、私も一緒に招待してくれたのには感激

した！　1週間ほど、またホストファミリーから離れて、楽しく過ごした。そういえば、ティアナのホストシスターも8歳くらいで、私のホストシスター並みに意地悪だったけど。

英語力の向上

初めての学校の日、バスを待っている間に、いろんな子たちに話しかけられても、ほとんど分からなかった。とりあえず、なんでも"Ah, hun ……"と相槌を打っていた。相槌を打ったことに対して、"so, what do you think ?"（で、どう思う？）などと聞かれたときには、困った。困った。

英語には自信があったのに、落ち込んだ。言い訳をすれば、アラバマ英語（南部なまり）に慣れていなかったせいも多少はあるかと思う。

2カ月で、大体言っていることは理解できたけれど、言いたいことが言えなくて焦っていた。アラバマに来て、ゼロから始めたモニカの英語の上達ぶりを日々感じながら、自分の英語は全く上達していないように思えて仕方がなかった。卒業するころにもまだこのレベルだったらどうしようとか、よく不安になったりした。

半年くらいして、宿題を済ませるのに何時間もかかっていたところが、30分ほどで終わるようになったことに気づいたときは、嬉しかった。「あ……、知らない間に辞書を引かずに、

テキストの内容が分かるようになってきた！」という感じ。

それ以後は、とりあえず TOEFL のスコアが思ったより上がらなかったので、悔しかった。でも、卒業前には、「アクセントがアメリカ生まれみたい」などとお世辞を言われることが増えて、いじめてくれたホストシスターに感謝した。

卒業

アラバマの１年間は、つらくても一度も日本には帰らなかった。もう諦めて帰ってしまおうかと、何度考えたことか知れない。でも、１年はどっぷり英語生活をしなければ、中途半端な英語で終わってしまうだろうし、アメリカの高校の卒業証書を諦めなければならなくなるのがどうしても嫌だったのだ。ストレートで大学に入ることに、どうしてそこまでこだわっていたのかが、今ではさっぱり分からないけれど、「自分を後押しする何か」があったことが、結果的に良かったのかもしれない。

１１月にアメリカ人の３年生みんなと同じように、リーディング、文法、数学の３つの卒業試験を受けて、無事合格した。５月３０日の卒業式に、念願の卒業証書を手に入れたときは、感激した。Mission Accomplished！（目的達成！）たかが、高校卒業証書ながら、それまでの努力とがんばりが報われ

たような気がした。

　このころには、既にホストファミリーとの仲が険悪な状態になっていて、私は卒業式の2日後のフライトでアラバマを去った。それ以後、一度も連絡をしなかった。

　実際、いろんな問題があったけれど、どういう形であれ、1年間お世話になったファミリーに対して、大人気ない行動だったと、この原稿を書きながら反省し、10年経った最近、手紙を1通書いた。

　1週間後、ホストマザーと同級生のホストシスターから同じ日に Email が届いた。後日、続いて、例の意地悪ホストシスターからも Email が届いた。ホストペアレンツは、教会絡みで、1994年からケニアに移って、同級生のホストシスターは結婚してサンフランシスコに住み、当時7歳の意地悪ホストシスターも、今ではアラバマで大学生をやっていて、みんな元気にしていると報告をしてくれた。意地悪ホストシスターの Email に、「あの時はごめんね」と一言書いてあって、ジーンときた。今までのわだかまりが取れたようで、なんだかほっとした。

　仲のいいファミリーの中に全くの他人、ましてや文化も育てられ方も違う外国人がファミリーの一員として1年も住むのだから、問題が起きないわけがない。しかも、私も子供だった。そんな不十分な人間を最後まで見捨てずに、見守ってくれたホストファミリーには感謝しなければいけないと、最近やっと思えるようになった。

2 コネチカットの大学 (1991年9月～1993年6月)

夜遊びの街、東京

　アメリカの学校は、とにかく夏休みが長い。

　大学が始まる前のサマーバケーションのころには、父の仕事の都合で、既に実家が大阪から東京に移っていたので、アラバマで1年我慢してできなかった夜遊びを東京で満喫した！　東京には友達がいなかったので、当時まだ流行っていたディスコでバイトをして、友達を作った。時々外国人のお客様も来るということで、初めて仕事場で英語を使った。

　3カ月という短い期間に、大勢の遊び友達も作り、アラバマの1年間いなかった彼氏も出来た！　楽しくて楽しくて、またアメリカ生活に戻らなければいけなかったのは、哀しかった。彼と別れるのがつらくて、空港で泣いた泣いた。春休みには彼が来てくれて、夏休みと冬休みには私が東京に帰ったりして、遠距離恋愛を続けた。とにかく、電話代がかかったことが記憶に残っている。

コネチカットの大学寮生活

　都会で育った私にとって、田舎のアラバマ生活は本当に耐え難いものだった。大学こそは都会に行きたい！　と願いながらも、まだ英語に自信が持てなかったので、マンハッタンは断念せざるをえなかった。結局悩んだ末、日本人の少ない

コネチカット州の私立大学を選択した。

マンハッタンに車で2時間半もあればいける距離だったので、週末にでも遊びに行ければいいかと考えた。専攻は、国際ビジネス（International Business）に決めたが、初めの2年間は、教養レベルのクラスしか選択できないようにカリキュラムが組まれていた。

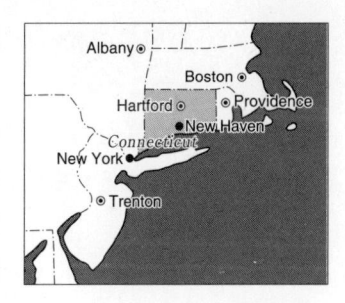

がんばったアラバマ生活のおかげで、ESL（語学学校）は免れたが、英語のクラスは取らされた。やっぱり大学前に1年、アメリカでの学生生活をしておいて良かったとつくづく感じた。クラスに行っても、どうにかついていけた。ただ、文系だったので、マーケティング、ビジネス法律などの成績は良かったものの、大学レベルの会計や統計学の成績は良くなかった。

1学期目に取った心理学の教授が凄かった。クラス初日、生徒みんなが着席して教授を待っていると、ずかずかと入ってくるや否や、いきなり私たち生徒にポラロイドを向けてパチパチと写していく。唖然として教授の次に取る行動を見ていると、撮った写真を無言で机の上に並べていった。終わると、「これで、君たち全員の顔と名前を覚えていくので、今度の授業からも同じ席に座るように」と一言だけぽそっと言って、自分の名前を紹介した。

「さすが、心理学の教授、スタートから違う!」と妙に感動してしまった。

　ビジネスの教授たちは、日本の経済に関心を持っていて、日本のビジネスに関するレポートなどを出すと喜んで、ひいきにしてくれた。

　住まいは、最初は不安だったので、とりあえず大学の寮を選択した。なるべく英語に触れる時間が多いほうがいいと思った。2LDK で、二人部屋が1つ、三人部屋が1つ、トイレ＆お風呂は2つ、キッチンはシェアの五人暮らしだった。

　初めてルームメイトに挨拶したとき、「アラバマなまりの英語を話す外国人に初めて会った～」と大爆笑された。そう。気づかない間に、私の英語は、一般的なアメリカ英語ではなく、田舎訛りの強い、アラバマ英語になってしまっていた！でも、これは、アメリカでも綺麗な英語が話されていると評判のエリアであるコネチカットで、必死で克服した。

　1つの部屋にはワイルドな双子が住んでいて、校内で男をとっかえひっかえし、中間試験で、私を含む他二人のルームメイトがオールナイトの勉強疲れで昼寝をしているときにも、大声で、H。「うるさ～い！　やめろぉ～」と三人でドアや壁をがんがん叩いたりしても止めないくらい、神経の図太い双子だった。おとなしくなったと思ったら、次にはバスルームに移って、再チャレンジするということもあった！

　ゴミは捨てない、冷蔵庫にそれぞれ名前を書いて入れてい

る飲み物は勝手に飲む、文房具はなくなる……そのうえ、私のルームメイトの一人も、いびきのうるさいイタリア人コックのでかい彼氏を同じ部屋に度々泊まらせることがあったりして、私のストレスは頂点に達していた。

　学校で、仲良くなった日本人の先輩たちに、本当によくお世話になった。ぶち切れそうになると、HELP！ の電話をして、泊めてもらったり、ご馳走してもらったり、ニュージャージーにあるヤオハン（日本食料品店）まで連れていってもらったり。本当に面倒見のいい人たちだった。

　寮の契約は最低1年となっていたので、父に頼み、夏休みに東京に戻って、お医者様に偽診断書を作成してもらった。「胃潰瘍で、これ以上、寮生活には耐えられない身体」だと。本当に神経が病んでいたので、必ずしもうそにはならないはずだ。そして、契約を1学期で断つことができ、日本人の知り合いが住んでいた大学近くのアパートの契約を引き継ぐことにした。

車生活

　日本人の先輩に車の運転を教わって、70ドルで免許を取得し、中古の日本車を4500ドルほどで購入して、車通学できるようになった。まだ19歳で、車も中古ながらも真っ赤のスポーツカーだったため、対人のみがカバーされる保険でも年間約2300ドルかかった。日本ではどうか分からないが、アメリカで"赤色"の車の事故が多いので、スポーツカーと

いう車種だけでなく、色でも保険の金額が違った。

　冬には雪が積もるので、エンジンを温めている間に、車の上に乗った雪を落として、寒い中、大学に通わなければいけないのは億劫だった。

　免許を取ってすぐの冬、近くのスキー場に行って、事故った。対物はカバーされていない保険だったので、自腹で修理代を払わなければいけなくなった。完全に修理するには3500ドルほどかかると言われたので、「とりあえず、動けばいい！」と最低限修理してもらうことにした。車自体を4500ドルで購入したのに、修理代で3500ドルだなんて！

　すると、片方のドアだけがグレーのドアになって戻ってきた。友人にも大爆笑されながら、しばらく、その車で走ってニューヨークに行ったりしていた。このままじゃさすがにかっこ悪いと思い、週末に塗装スプレーを買って、自分一人で塗った。そのドア部分だけ、つや消しな感じに仕上がってしまったけれど、グレーよりはましだろうと自画自賛していた。

　そこまでやったのに、その後すぐまた事故って廃車にしてしまい、夏にはまた新しい中古車を買う羽目になり、保険料が上がった。車がないと生活が出来ないので仕方がなかった。

　日本でもバイクで事故ったことがあったので、つくづく運転は向いていないと思った。親にも心配かけた……。お金も……。

初めての一人暮らし

　仲のよい先輩たちが卒業したり転校したりして去ってしまってからは、ロシア人の留学生と遊んだり、学校のテニスクラブに入って忙しくしていた。日本では高くてなかなかできないゴルフにもよく行ったりしていた。

　料理上手な日本人のお姉さんが同じアパートに住んでいて、よくご馳走になったりしていた。当時は全く料理ができなかった。というよりは、しなかったので、とっても助かった。

　日本人の友達に誘われて、ジャパレス（日本食レストラン）で少しバイトをしたのもいい経験だった。田舎だったので、オーナーを含む従業員に日本人はおらず、日本人のお客様が来店することもなかったので、英語の勉強プラスお小遣い稼ぎにはばっちりの環境だった。お酒の名前を覚えたり、注文を取って、お客様との対話によって覚える英語もあった。オーナーを含め従業員たちと仲が良かったので、バイトが終わると、そのまま、賄いを食べながら飲んだりも出来て、バイトというよりはサークルのような感覚で楽しんだ。

　コネチカットでは、21歳以下で、アルコールを買ったり飲みにいったりすることが大変で、先輩にビールをごちそうしてもらったり、お金を渡して買ってきてもらったりした。フェイクID（偽造ID）を作るという手段もあったけれど、そこまでして飲みに行こうという場所もなかった……。

一人暮らしになって、嬉しくもあったけれど、同時に寂しさも感じていた。英語の勉強になるという理由で、ケーブルテレビの映画チャンネルを入れたのに、勉強そっちのけで、大好きな映画をずっと観ていたりする日もたびたびあったし、だらだらと友達と長電話したりすることもあった。自分一人で、誰にも縛られない環境で、進んで勉強するということはなかなか難しいと感じた。

　寮を出てからは、日本人留学生とつるむことも多かったので、日本語を話す機会が断然増えた。ただ、やっぱりニューヨークの大学に移りたいという希望が捨て切れなかったので、転校できるレベルの成績を取る必要があった。だから、そこそこは勉強した。

　毎日こつこつと勉強することができない性格で、試験前になると焦り出し、半狂乱状態で、オールナイトで勉強するというのが当たり前になっていた。家では、テレビやら電話やらいろんな誘惑があって集中できないので、夜中に友人とデニーズで落ち合って、ワッフル＆アイスクリームを食べながら勉強していた。

　寂しくなって、東京にいる友達に電話をすると余計につらくなることが多かった。

「新しいバーのオープニングに行くの〜」やら「明日、合コンなのぉ〜」などと聞かされると自分が惨めな気持ちになった。

「こんな田舎街で、私はどうして楽しいことを我慢して勉

強しているんだろう？」「一体何のために？」と、時々分からなくなることさえあった。

メキシコへ

コネチカットの大学生活を２年間終えた夏休みに、メキシコに戻ったモニカに会いに行った。彼女の家に２週間ほどお世話になって、彼女の通うモンタレーの大学の授業にも連れて行ってもらった。教授たちも珍しがって、親切にしてくれた。

飲みながら、マージェリーの口癖だった"It's time to go to bed !"（寝る時間でしょ！）を言い合いながら、大爆笑していた。アラバマのつらかった１年間を、二人で冗談にして笑えるようになったことは良かったと思った。

観光では行けないような、現地の大学生が遊ぶエリアに一緒に連れていってもらえたりして、楽しい夏休みを過ごした。

モニカは、大学を卒業してスチュワーデスをした後、結婚し、今では２児の母で、カンクーンに住んでいる。今でも手紙のやりとりをしている。

アメリカいい加減説

英語にもやっと自信がついたので、マンハッタン・ダウンタウンにある大学に３年生から編入することにした。住まいは、映画「Working Girl」を観て以来、スタテン島からマンハッタンまでフェリーで通うことに憧れていたので、「あん

まり治安が良くないらしい」という周りの意見を無視してスタテン島に決めた。

　コネチカットからスタテン島までの引っ越しを安く上げるために、引っ越し業者を使わずに、トラックを借りて、友達に手伝ってもらって済ませた。これが、失敗だった。

　朝10時に、トラックをレンタル会社からピックアップする予約をしておいて、友達にドライブしてもらって行ってみると、「まだトラックが戻ってきてない」などと言う。「戻ってきたら、すぐに自宅に電話を入れるから」と言われて、家に戻って待った。お昼を過ぎても連絡がないので、痺れを切らして電話した。「一体どうなってるんですか？　いつトラックは戻ってくるんですか？」と言うと、「いや〜私に言われても困ります。今朝戻す予定の人が戻して来ないんですから」と全く謝る様子もなかった。友達のスケジュールもその日で押さえてもらっていて、私のアパートの契約もその日までだったので、ひたすら戻るはずのトラックを待つしかなかった。いらいらしながら待ち、結局電話がかかってきたのは16：00！　友達に詫びを入れながら、急いで荷物をトラックに乗せ、ニューヨーク州に入り、結局引っ越しが終了したのは、夜中だった。

　思い出せば、こんな出来事はいろいろあった。

　例えば、テレビのケーブルを新規契約する。電話越しに、技術者が家に来てセットアップしてくれる日程が告げられる。「え〜っと、来週月曜日の10：00から18：00の間、ご

自宅に居てください」なんてことを平気で言うのだ。
「ちょ、ちょっと、待ってくださいよ。それって1日中ですよね？　せめて、午前か午後くらいは決められないんですか？　授業があるんです」
「時間の指定はできないんですよ」
「……」
　啞然という感じ。

　授業がある時間だけ、友達に家にいてもらってアレンジしたにも関わらず、連絡もなく来ないなんてこともあった。怒って抗議の電話を入れると、「あ〜技術者が立て込んでいましてねぇ。あさって、もう一度、そちらに行かせますよ」と謝る姿勢がない。

　電話会社の苦情担当者の態度も同じく悪い！　「私では対応できないので、他に回します」と言っていろんな人に電話を回されることも日常茶飯事。対応が悪い！　と文句を言うと、いきなりブチっと電話が切られて、「ツーツーツー」と無言の受話器を持ったまま、呆然としたことだってある。

　こんなことは日本ではあり得ない！　と怒り、理解に苦しむことが多かった。それもカルチャーの違いなのだ……。

3 ニューヨークの大学 (1993年9月～1996年1月)

念願のマンハッタンへ

　幸い、コネチカットの大学で取得した教養レベルのクラスの単位がほとんど移行できた。専攻は、ビジネス学部・国際経営学科 (Inter national Management) を選択した。ビジネスであれば、将来何をするにしても潰しが利くだろうと単純に思ったのだ。

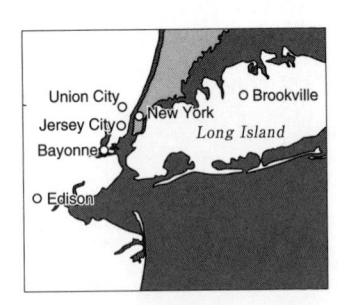

　このあたりから、父に「英語はもうそろそろ習得してきているし、これからは、英語プラス何なのかだ」と言われ始めていた。「アメリカの大学を卒業して、ビジネスで通用できるほどの英語を習得する」という漠然とした目標しか持っていなかった私には、これ以上何をやればいいのか分からなかった。

　移り住んだスタテン島のアパートは、マンハッタンの夜景が見えて、しかも車の駐車場もマンハッタンに比べるとはるかに安く、いい感じのスタートを切ったように思えた。

　ところが、夜遊びが充実しているマンハッタンから夜中にスタテン島に帰るのが大変なのだ。夜中になるとフェリーが1時間に1本になってしまう。しかもフェリー乗り場付近は寂しく廃れた感じで、あまり安全とは言えない感じだった。

そのうち、アパートに大きなねずみは出没するし、フェリー上で変な男につきまとわれるなど恐い目にあったため、3カ月でマンハッタンに引っ越す羽目になった。

命はお金に替えられないと、ドアマンのいる安全かつ綺麗なアパートに引っ越すことになり、更なる引っ越し費用とともに、家賃も予定よりも高くついてしまった。学生で、保証人もいないため、家賃半年分とセキュリティデポジット1ヵ月分の前払いで、契約が成立できた。

学校も歩いて通える距離で、家から5分のホテル最上階のスポーツクラブ（なんと！　たった月100ドルほど！）に通って水泳をしたりしていて、優雅なマンハッタン生活におさまった。

学校が始まってすぐに、ABC（American-born Chineseの略：アメリカ生まれの中国人）の同級生と自然と付き合うことになった。（そのため、東京の彼とは別れる結果となってしまった）。ABCの彼との会話は英語だったので、日本人との付き合いの多いマンハッタンでも英語力を維持することできた！

週末には、彼と飲茶に行ったり、バーに行ったり、友達とクラブに行ったりと、日本と変わらないような生活で、めちゃくちゃ楽しい大学生活になった。その代償に、それまで良かった成績が急激ダウン……。誘惑が多すぎた……。やっぱりお勉強は楽しい誘惑のない田舎でするのが一番だとしみじ

み思った。

　それでも専攻関連のクラスである広告、マネージメント、マーケティングの成績は良かった。言い訳をすると、クラス選びに失敗したものが多かった。専攻に関係のないクラスが成績を引っ張っていた！

　例えば、「海が好きだから」と気軽に取った Oceanography（海洋学）。地層だとか波の種類だとか、覚える専門用語が多く、全く興味の持てないクラスだった。歴史も１クラスは取る必要があって、「アジア人だから分かりやすいかも」と安易に取った Asian History（アジア史）のクラスでも苦しんだ。とにかく、読み物が多くて、先生もタフで、歴史が苦手な私にはつらかった。文学のクラスは嫌でも必須で、最悪だった。現代英語で精一杯なのに、古代英語なんて分かるわけがない！　という感じ。

　実際、アラバマの時のように、勉強しかすることがない環境に残っていれば、いい成績は取れたかもしれない……。

　マンハッタンの楽しい生活に従い、親から送金してもらうお小遣いでは足りなくなった。成績が良ければ、リーガル（合法）にアルバイトが認められるものの、良くなかったため、イリーガル（不法）でアルバイトするしかなかった。日系のバーでバイトをしてお小遣いを稼いでは、買い物や夜遊び代に費やしていた！

食が豊富

日本食料品店で食材を揃えて、自宅では日本食を作って食べるというのがメインで、外食には、いろんな国籍のレストランのグルメ巡りをしていた。日本ではなかなか味わえない違った高級ムードの漂う空間のレストランが好きだった。ビンボー学生だったので、ご馳走してもらうことがほとんどだったけれど……。

アラバマ＆コネチカットでは、食生活に恵まれていなかったので、ニューヨークは実に快適だった。

スペインへ

大学でも外国語はスペイン語を取っていたので、どうせなら単位は夏休みにスペインで取ろうと思い立った。今度はアメリカにある留学の斡旋をするエージェンシーを利用してホームステイした。会社員のお父さん、お母さん、中学生の女の子、小学生の男の子の4人家族。同じサマープログラムで来ていたアメリカ人の女の子と一緒の部屋になった。そのため、部屋では英語ばかり話していた……。それでも現地の学生たちにスペイン料理をご馳走になったり、バーに一緒に遊びに行ったりして、有意義に過ごせた。（あの時話していたはずのスペイン語は、もう話せないけれど……）。

1カ月のサマープログラムが終わると、仲良くなったアメリカ人の女の子三人とバルセロナ、マドリッドへガウディの建築を見て回る旅行をした。その後、ロンドンに留学をして

いたあやこ（ケーススタディⅡ-5）とパリで落ち合い、観光案内をしてもらった。イギリス英語を話すあやことアメリカ英語を話す私に、不思議そうに話しかけるパリの人たちが印象的だった。

環境の良くない街

　休みごとに東京に帰ると、「ニューヨークなんて危ない所によく住むね」といろんな人から言われた。確かにそうかもしれないが、住めば都で、段々そうは思わなくなってくるのだ。

　友達の家の近くに大学の寮があって、夜中、飲んで戻ってきたら、寮の前に警察の車と救急車が止まっていたことがあった。周りの人に聞いてみると、生徒が刺されたと言う。その後、ニュースをずっと見てみても、全くその件について触れられないので、「無事だったんだ」と安堵していた。ところが、しばらくしてその前を歩くと、現場に花が添えられていて、その生徒が亡くなったと知った時には驚いた。刺されて死んだくらいではニュースにもならないのかと！

　知り合いの肩に流れ弾が当たったこともあった。クラブのバウンサー（セキュリティ）をしていて、ギャングの争いに巻き込まれたという話で、肩に銃弾が入ったままで仕事に復帰していた。元気な様子だったので、傷口を触らせてもらっても実感が湧かなかった。その他にも、銃を突きつけられたとか、殴られたという話はいろいろ聞いた。

　私は変なオヤジにつけまわされたことが何度かあったほど

で（これくらいなら、日本でもあるだろうし）、命の危険を感じるようなことは一度もなかった。そういう時、ポリスは親切だった！　オヤジにつけまわされたときも、ポリスに助けを求めたら、追いかけ回してくれた。

　クラブ帰りにタクシーが見つからず、友達ととぼとぼ歩きながら家路に向かっていていた時も、うるさいナンパ男から追い払ってくれた。「危ないから」と、ポリスカーで家まで送ってくれたこともあった。基本的に、ニューヨークの男性ポリスは女性に甘いのかもしれない……。

　かといって、全く日本のように生活していたわけではない。貴重品は肌身離さず持っていたし、地下鉄などで居眠りをすることはなく、危険な時間に危険な場所にはうろつかないというのは鉄則だった。ニューヨークのイエローキャブも、運転がとにかく荒いので、ドライバーと一緒に前を向いて注意を払っていた。いつぶつかっても対処できるように……。前を見ていないで事故ってむちうちになった知り合いも何人かいた。とにかく自然と常に緊張感を持って生活していた。

　危険度よりも、私にはニューヨークの冬が厳しかった。大雪で大学が休みになることもあるほどで、その時は嬉しかったけれど、雪の中、歩いて大学に通うのはつらかった。夏は暑くて、冬は寒い。四季がはっきりしている環境のほうが勉強がはかどるなどと聞いていたが、本当なのだろうか？

　カルフォルニアの大学に行った友人たちが羨ましかった。

「今日もさぁ〜学校に行こうと思って、車飛ばしてたら、いつも見るビーチが綺麗に光っててさぁ〜、授業さぼって海見てたよ」なんて言いながら、大学を卒業するのに5年半かけていた子もいた。親の経済力が許していたら、私も間違いなくそうしてた！

補習サマーコース

このままでは、卒業が予定よりも遅れてしまうと思い、みんなが長〜い夏休みを取って楽しんでいる間、2クラスをサマースクールで取って挽回することにした。

コネチカットの大学入学時にはまだ余裕があって、「ダブルメジャー（専攻を2つ）ってのもいいなぁ」なんてふざけたことを考えていたものだ。サマーでも「ひぃ〜ひぃ〜」言っていて、単位を余裕に取るどころか、ピッタリぎりぎりしか取れなかった。

ユーゴスラビア＆ハンガリーへ

サマーコースが終わってすぐ、中学生のころから文通の続いていたペンパル、アニタのいるハンガリーと、アラバマで知り合ったティアナのいるユーゴスラビアに行った。彼女たちがいなければ、訪れることがなかったかもしれない2つの国だ。メキシコの旅行と同じく、現地の同じ歳の友人が連れて行ってくれるところは、観光客が行く所とは違っておもしろかった。一般の人が住む家、家族との関係、お友達、食べ

る料理、買い物する場所……、その国の本当の姿を垣間見ることが出来るので、私は好きだ。

　ハンガリーの地下鉄がおもしろかった。無人なので、スタンプの押されていない切符のまま電車に乗れてしまう。アニタは、「チェックする人がいるのよ。時々」と言っていたけれど、何度乗ってもそんなことは一度もなかった。なので、一度、スタンプのない切符で乗ってみた。「どうして分かったの？？？」と言いたくなったが、その時に限って、制服を着た男性にチェックされた。「押し忘れた」と言ってみたけれど、だめで、罰金を支払わされた。チケットの確か5倍程度の5ドルだったので、助かった。

　ユーゴスラビアにも似たところがあった。共産圏ゆえだからだろうか。バスは有料と言いながら、「別に払わなくてもいいの」とティアナが言っていたので、一度も払わなかった。
　バスの運転手も何も言ってこなかった。払っている人もいれば、払っていない人たちもいたので、不思議で仕方なかった。

　ハンガリー・ブダペストからユーゴスラビア・ベオグラードには、雰囲気を味わうため、電車で行った。安かったので、ファーストクラスを購入して電車に乗り込んだら、車両にはファーストクラスはおろか、ビジネスクラスもなかった！何やら大量に荷物を持ったユーゴスラビア人が大勢いたの

で、すでに、席どころか通路まで人や荷物で溢れかえっている状態で、私の座る場所などはなかった。チケットを片手に呆然と立っていたら、ある人が席を譲ってくれた。

　国境前になると、それら大量の荷物が、走っている電車からどんどん突き落とされた。何事かと思って、ベオグラードに着いてティアナに聞いてみた。彼らはパスポートのチェックが済むとすぐに、荷物を落としたエリアに戻って、ピックアップするそうだ。中身は、ハンガリーから不法輸入したスポーツシューズだったりするそうだ。

　ティアナの両親が、「せっかくだから、二人でスヴェティ・ステファン島に行ってらっしゃい」と言って、バス代を出してくれた。「自分で出すので大丈夫です」と何度も言ってみたが、「わざわざ来てくれて。私たちの気持ちよ」と言ってくれた。日本人と比べて裕福でないことは明らかだったので、心が痛んだ。

　このころ、ボスニア戦争真っ只中だったので、普段は観光地のこの島にも、ドイツ人観光客がぽつぽつといるくらいだった。日本人の観光客が珍しいらしく、いろんな人が話しかけてきたり、アイスクリームや花などをくれたりした。今まで訪れた国とは全く違う雰囲気のユーゴスラビアは、かなり刺激的だった。

　アニタはフランス人の男性と結婚し、１児の母で、ブダペ

ストの隣町に住んでいる。ティアナもフランス人の男性と結婚し、フランスに住んで、高校時と変わらず、ファッションデザイナーを目指してがんばっている。今でも二人と Email のやりとりを続けている。

4　現地就職

　GPA は下がってしまったものの、どうにか大学を4年半で卒業できた。日本で就職しようかとも考えたが、そのころ、日本では就職難だと言われていて、職務経験ゼロの帰国子女の就職は厳しいだろうといろんな人から言われたため、居残ることにした。

　アメリカの大学を卒業すると、自動的にプラクティカルトレーニングビザという1年のビザが与えられる。1年の間に、就労ビザ（H1-B）をスポンサーしてくれる会社を探せという意味だ。でなければ、自国に戻るしかない。

　通訳のバイトがきっかけで、某日系メーカーに現地採用のエグゼクティブ・セクレタリーとして就職した。3年間分の就労ビザもサポートしてもらえた。会社では英語と日本語の両方が必要とされ、会社以外のプライベートでも両方使う環境だったので、言葉の両立が出来た。

　大学で鍛えられたコンピュータスキルや、覚えたビジネス関連の単語なども活用でき、アメリカの大学での勉強が実践に強いとしみじみ感じた。新入社員だったので、みんなに可愛がってもらい、いろいろと勉強させてもらった。

　少ないながらもお給料をもらうことになったので、このまま親に甘えて、高い家賃をフルに払い続けてもらうことも出来なかったので、就職して1カ月後に、引っ越しをした。ドアマンのいる安全なアパート、1300ドルの家賃から、ドア

マンのいないちょっと安全度が落ちるアパート、800ドルまで下げた。

　三人部屋の広いアパートで、アメリカ人二人とシェアすることになり、リビングには大きなジャグジーがあった。あまりにも広いので、三人でシェアして、2週間に1回、ハウスクリーニングを雇うことにした。1回一人25ドルの負担だったので、安かった。が、一番最初のハウスクリーニングの人は、仕事がいい加減だったので、辞めてもらった。首にしたことに気分を悪くしたらしく、最後の日に、ジュエリーと日本円を含む外国のお金が入ったBOXを盗まれた。痛かった！　安心しきっていた私がバカだったと反省した。

　それから約1年後には、26階のエンパイアステイトビルの夜景が見えるアパートに引っ越し、帰国するまでそこに住んだ。

　このころになると、アメリカのいい加減さについて「また来たか！」と少しは笑って流せるくらいにまで成長していた？

　世界のビジネスが交わされるニューヨークなのに、地下鉄の鈍行が、乗っている時にいきなり急行に早変わりすることが時々あった。「後ろの電車が迫っていますので、次の駅、止まりません。急行になります」とアナウンスが流れると、「どういうことなんだ！」と怒り狂うビジネスマンもいたが、私には笑えた。

その他、次々と人が乗ってきてドアが閉められないことを車掌が怒って、「いい加減にしてください！　早く家に帰りたくないんですか？　いいんですよ。あなたたちがそんな態度を取るなら、動きませんから、この電車！」とスピーカー越しに叫ぶことだって！
　そう。もう一度繰り返すが、日本の常識はここでは通用しないのだ。

訴訟の国、アメリカ

　ニューヨークでは、「石を投げれば弁護士に当たる」と言われるほど、弁護士が多いと評判だった。確かにそうかもしれないと思った。というのも、ニューヨーク在住中、2回訴訟を起こした時、弁護してくれたのは2回とも友人の友人だった。
　一度目は、三人で暮らしていたドアマンなしの広いアパートでのことだった。
　このころ、だんだんニューヨークの地価が上がってきて、家主が家賃を大幅に値上げしたいと言い始めた。「契約より少し早く出て行ってもらう代わりに、三人の引っ越し費用を払う」という約束で、それぞれ別のところに引っ越すことになった。
　引っ越し日は、月末の日曜日だった。三人で引っ越しを終えて、鍵を返却しようとしたら、オフィスが締まっていたので、次の日、月始め1日の月曜日に返却した。すると、「契

約より1日を過ぎているので、契約違反。引っ越し費用は払わない」などと言い出した。

　ルームメイトが友人の弁護士に相談して、裁判で弁護してくれることになった。映画でしか観ることのなかった裁判所の証人台に一人一人座らされた時は、緊張すると同時に、不謹慎ながら感動でドキドキしてしまった。

　相手側の証人は当日、辞退して現れず、弁護士だけを寄越してきた。「オフィスの人間が部屋を訪れた時、ブロンドの女性が鍵を渡せない」と言ったなどと嘘の証言があった。私たちの弁護士は、苦笑しながら、裁判長に向かって「見てお分かりの通り、この三人の女性の中に、ブロンドの髪の人はいません。あ、待ってください」と、今度は私たちの方を向いて「あなたたち三人の中で、引っ越し当日に、ブロンドのかつらをかぶって作業していた人はいるかな？」とふざけた。これには、裁判官も大爆笑だった。なんてバカらしい嘘をつくんだろうと、信じられなかったが、とにかく圧勝し、予定通り引っ越し費用は支払われた。

　二度目は裁判にこそ行かなかったが、これも友人のお友達の弁護士が助けてくれた。

　肌の調子が悪くなったので、日系のエステサロンに通い始めた。ヨーロッパ人のエステシャンがニキビを見つけると、がんがん潰していくので、「ニキビを潰すと傷跡になるので、日本では良くないと言われてるんですが」と言うと、「大丈

夫です。皮膚科の先生と同じ処理をしています。傷のように見えても、何カ月かすると目立たなくなります」と答えた。6回コースを終えて、2ケ月を経っても傷が薄くならない。恐ろしくなって、それから半年間の間、5件の皮膚科を訪ねた。病気ではないため、保険が効かず、自腹の現金払いで1200ドルかかった。

　事情を友達の弁護士に話すと、サロン宛にささっと脅しの手紙を1通書いてくれた。するとすぐ、サロンの保険担当者が調査にやってきた。結局、サロンにかかった費用プラス皮膚科にかかった費用トータルで1500ドルのチェックを切ってくれた。慰謝料はもらえなかったが、もし私が自分で書いた手紙ならこんなに早い対応は期待できなかったはずだ。弁護士の威力は絶大！　だと思った。

　6年間経った今、傷は確かに薄くはなったが、完全に消えてはいない。ケミカルピーリング（シミ・小じわ・ニキビなどに効果がある皮膚治療。AHA というマイルドなフルーツ酸を利用する）を行うなど、地道な努力は続いている……。

アメリカの男 VS 日本の男

「もう日本人の男じゃだめでしょ！」と、未だにいろんな人によく聞かれる！　確かに、日本人男性と比べ、比較的アメリカ人の男性は、レディーファーストだし、ご飯を作ってくれたり、女性が強くてはきはきモノを言うことに抵抗がなかったり、なんてことはあるけれど、本当に人による。アメ

リカ人で亭主関白な人もいれば、日本人でレディーファーストの人はいるし。

　私にとって一番大事なのは、価値観。日本人でもナニ人でも価値観の合う人なら OK 。いい男はいい男、いい女はいい女。人種はホント関係ない。

　仲のいいアメリカ男性の友人が、「アフガニスタンの空爆もアメリカは本当に正しいことをした」「親が子供の面倒を見るように、アメリカも世界中の国々の面倒をみなきゃいけないんだ」と言った時は、驚いた。

　こんな風に考えるアメリカ人がいることは知っていたけれど、まさか身近な友人の口から聞くとは思わなかったので、残念だと思った。ドイツ人の友人とこんな男性とは付き合えないだろうと語り合った。でもそれは、彼がアメリカ人だから……ではない。アメリカ人でもそういう考えがバカらしいと思っている人はちゃんといる。

　私にとって、こういった価値観が何よりも大事だといういい例となった。長く付き合っている現在のボーイフレンドは、海外在住経験を持つ日本人だ。

現地転職の厳しさ

　居心地は良くても、エグゼクティブ・セクレタリーという次のステップが見えないポジションに居座っていてはいけないと思い、転職をした。再び、今度は自腹で弁護士を雇い、就労ビザ（H1-B）を取得した。AE（アカウント・エグゼク

ティブ）としての仕事は、やりがいがあって楽しかったが、会社の業績が思わしくなく、予定の給与が支払われないということになり、退職した。ちょうどそのころには、大学時の友人たちと立ち上げた会社が軌道に乗りそうだったので、思い切った。が、そううまくは行かなかった。

　会社を辞めた時点で、本当のところ、就労ビザは無効となる。というのは、もしビザスポンサーした企業が、外国人社員が退職したことを移民局（Immigration Office）に報告すればの話だ。ほとんどの企業は、その手続きが面倒なのか、優しさ？　からなのか、その手続きをしない。そのため、会社を退職してもパスポートに貼られているビザは、有効となっている場合がある。アメリカから出さえしなければ、問題はない。

　でも、私はその実際は無効であろうビザで、日本に行ったり、他の国に行ったりして、問題なく出たり入ったりした。無事に入国審査を終えるまでは、毎回心臓がバクバクしていたけれど。

　友人と興した会社は失敗だった。ビジネスにならない友人たちを引っ張ってきたり、ビジネスプランばかりで実行が伴わない友人とうまく行かなかった。結局、そこではお金にならないので、生活を維持するために、保険会社、電話会社、ホテルなど実にいろんな仕事を転々とした。

　アメリカ生活が長かったので、日本に住んで本当にやっていけるかどうか不安で、なかなか帰る決心がつかなかった。

アメリカに居残ろうかといろいろ試行錯誤したが、秋には日本に帰ることを決意した。このまま居て、アメリカ在住歴が10年を超えると、それこそ本当にもう日本に帰って生活するなんて出来ないんじゃないかと思ったし、アメリカに住んでいること自体が刺激だった時期をとっくに過ぎてしまっていて、新しい刺激が欲しかった。今ならまだ大きな変化にも柔軟に対応できるんじゃないかと思い立った。

結局、アパートを引き払い、荷物を全て日本に送って、1999年12月1日、東京に戻った。

アメリカを離れない人たち

私の場合は、高校3年生から大学、そして社会人3年生までアメリカで生活してしまったので、日本の生活にずっと憧れていた。日本の思い出といえば、遊びばっかりの楽しい高校生活で、なぜだか分からないけれど、日本の生活のほうがはるかに楽しそうに思えた。隣の芝は青かった……。

でも、日本で社会人までを過ごしてから、脱 OL して留学してきた友人たちは違った。不法滞在になっても、日本には帰らないと、7年以上住んでいる人がいる。有効なビザがないため、アメリカから出国はできても、再び入国することができない。そのため、日本はおろか、アメリカ以外の国に、その7年以上、行っていないのだ。そこまで日本に未練がないというのは、凄いと思う。

市民権を持ったアメリカ人と結婚してグリーンカードを取

得するという手もあるが、偽装結婚が多いため、最近では簡単には取れなくなった。2年間の条件付き永住権を得て、2年後も夫婦であることが証明できれば、正式な永住権がもらえる。仲の良かったオーストラリア人の友人は、当時付き合っていた男性に籍を入れてもらって、2年後には別れていたが、彼に協力してもらい、正式なグリーンカードを取った。

　私も結局アメリカで9年過ごしたが、骨をうずめようと思うほどアメリカが快適ではなかった。もしそこまで好きになっていたら、今ごろ、不法滞在でも残っていたかもしれない。

9年ぶりの日本での生活

　アラバマの1年間以外は、少なくとも夏休みと冬休みの年2回は、必ず東京に帰省していたので、日本の様子は常にウォッチしていた。そのため、これといって特にカルチャーショックは感じなかった。

　しばらくは、契約社員をしながら、観光ビザでニューヨークと東京を行ったり来たりした。なかなかニューヨークと完全に縁を切ってしまうことができずにいた。それでも、ビザを提供してくれる企業を探す必要もなく、たとえ無職であっても合法でいられる環境がただただ嬉しかった。日本人として日本に暮らすということはこういう利点があるのか！　と当たり前の権利に感謝した。

　私が甘ちゃんなのかもしれない。でも、アメリカで市民権を持たない外国人として、合法に暮らし続けていくことに、

疲れた。

　結局、そんなしがらみフリーの生活を10カ月続けたのち、外資系ソフトウェア会社に拾われた。それまでは、正社員になる気持ちにならなかったが、ソフトウェアという比較的新しい業界で、自由な環境なので、どうにか続いている。マーケティングに携わり、英語は不可欠という状況にある。ただ、外資系でありながら、オフィスには日本人ばかりという点が気になるが。

　日本における転職では、英語力とアメリカでの職務経験が評価され、アメリカでの待遇よりも断然良く、給与も大幅にアップしたのが嬉しかった。

　あれだけ恐れていたけれど、職場でもカルチャーショックはそれほど感じなかった。もちろん全くないとは言わないけれど、自分は自分！　という態度で対応している。そのため、「日本人じゃない」とか「浮いてる」とか言われることもあるけれど、あまりに気にしていない。周りが迷惑しているのかもしれないけれど。

　東京に戻ってきても、イギリス人、ドイツ人、アメリカ人などなど、相変わらず、アメリカでの生活と変わらない人種が混ざり合った環境に自分がいる。習得した英語力を維持するのは大変かと思ったが、全然そんなことはなかった。実際、英語を使わない生活はもう考えられないから。

アメリカで得た大きなこと

やっぱり、日本で生活し続けていたら、こんなにいろんな国の友人たちと知り合う機会もなかっただろうし、日本を含め、世界を客観的に見る視点は養われなかったのではないかと思う。憧れの目で見ていたアメリカと現実のアメリカは明らかに違ったし、アメリカから見る日本も違った。完璧な家族が存在しないと同様に、完璧な国などないに等しい。結局どの国にもいいところ、悪いところがあるとしみじみ感じた。

海外単身生活で、孤独と異国カルチャーに対応できる能力が培われ、以前に増して、常に前向きに突き進んでいけるようにもなったと思う。

また、興味のなかった日本文化やアートに対する見方も変わった。去年から写真にはまっているが、特に下町といった日本的な光景での撮影に面白みを感じる。

そして

2001年の9月から、今度は妹がロンドンに留学している。2002年9月には、建築専門学校に入学し、卒業を目指してあと3年間留学する予定だ。

高校、大学、就職と、ずっと日本で過ごした彼女は、英語にかなり悪戦苦闘しているようだ。これまで、私がアメリカでした経験を熱く妹に語っても、軽く流されていたのに、今となっては、「言ってた意味が、今自分が同じような経験をしてみて、やっと分かる〜」と毎日のように Email が届く。

両親はもう慣れた様子で、「あなたによって鍛えられたから、心配していない」と言って、遠くから彼女を見守っている。

　東京で両親の家に寄生する、いわゆる今流行り？　のパラサイトシングル生活をして、早々と２年半が過ぎた。もう29歳になるが、未だ９年間のアメリカの長旅で疲れた羽を癒しているということにしておこう。
　とはいえ、家賃として気持ち８万ほどは家に入れるようにしている。今まで両親のお金を散々使い果たしたささやかな償いだ。アメリカで一人暮らしをしていた時よりも、断然暮らしにゆとりがあるので、有給をフル活用して、暇さえあれば、海外旅行に出るという生活が出来ているのは幸せだ。

　今後の予定は、「仕事を辞めて、好きな写真を撮りながら世界を旅して暮らす」と言いたいところだが、なかなかそうもいかない。現実は、仕事を続けながら、このまま世界中の人たちとの交流を続け、出来る限り多くの国に旅行をしていくと思う。「世界中の国に友達を作る」という当初の夢もまだ果たせていないし。
　またいつか、日本から出て、他の国に住みたいと思う日がくるような気がする。

　先日、ニューヨークに住んでいた時の知り合いに、何年かぶりに東京であった。

「顔が優しくなったね」と言われた。そんなに片意地張って生活していたのか、となんだか笑えた。

Case Study II

5人の女性の場合

―1 りか

プロフィール
年齢	30歳
仕事	日系広告代理店ニューヨーク支社・マネージャー
家族	日本人の夫・3歳と2カ月の、息子二人 アメリカ・ニューヨーク在住

留学先・留学期間

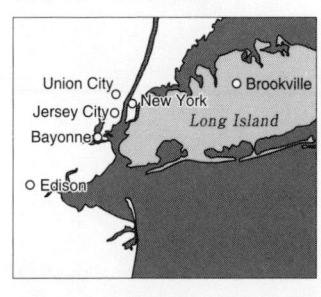

I　中学；イギリス・私立日本人学校
　　1987年4月～88年3月
II　大学；アメリカ・ニューヨーク州の私立大学
　　1991年9月～95年5月

留学先の選択

"America's Best College"（US News）を参考に、友達がすでに通っていた大学を選択。

英語スコア　TOEFL；530（入学前） TOEIC；810（卒業時）

留学内容　I ───────────

　中学2年生の時に行った3週間のホームステイでイギリスが気に入ったものの、英語が大して話せるわけでもなく、現地校への留学は考えられませんでしたが、留学したいという気持ちは膨らんでいました。私立日本人学校を両親に進められて留学を決意。

住まい：学生寮

　全寮制で小学校から高校まであり、寮は縦割りの六人部屋。イギリスに居るとは思えないほど、日本以上に日本らしい（？）生活を送りました。英語などマスターできるはずはありませんでした……。どっぷり日本語の生活。

II ───────────

　初めの1年間は大学に入学許可をもらったものの、語学力の足りなさから大学内の語学学校に通い、英語のみを勉強。本当であれば、語学テストにさえ合格すれば、1カ月後にでも大学の授業を受けられたのですが、楽しい大学（語学学校？）生活の誘惑に遊びほうけてもうすぐ1年生という時になり、ようやくテスト勉強を開始し、新しい学期までには、何とかテストをパス。アメリカの大学で学びたいことがあると親を説得して、留学させてもらった手前、1年間テスト勉強をしていたとは言えずに、その後

の3年間で大学を卒業することを決意。夏期講習も受講することで、無事、渡米してから4年間で学位を取得。3年間は本当によく勉強しました。

住まい：学生寮→一人暮らし

　初めの1年間は大学の寮生活。韓国からの大学院留学生とルームメイトになりましたが、夜間に受講するルームメイトは朝は寝ていることが多く、私は朝起きてから彼女を起こさないように、物音を立てないように登校。狭い部屋で決してくつろげる場所ではなく、そんな生活に苦痛を感じ、1年で寮生活に別れを告げました。その後3年間は学外で一人暮らし。親との約束で、運転免許取得は禁止（事故を心配して）でしたので、3年間はバスで通学。

① 留学を決めた理由

　中学校の時の英語の先生の影響は大きく、私には英語のセンスがあると言って、英語の弁論大会や暗唱大会に出場させてくれました。ただ単純に嬉しかった私は、それから英語に深く興味を持ったように思います。母の影響も多大で、英語ができれば世界が広がると、そんなころホームステイを進めてくれたのも、その後の留学を進めてくれたのも母でした。

　大学留学を決めたのは大阪の International High

School に通っていたこともあり、自然な流れでした。ただ、大学留学を最終的に決めたのは、中学生での留学経験やホームステイ経験が有り、インターに通っていたにもかかわらず、大して英語が話せないことをずっと引け目に感じ、英語をマスターしなければいけないという自分への義務感が強かったのだと思います。

② 留学前のホームステイおよび海外旅行経験

中学２年生の時に、夏休みを利用してイギリス・ラムスゲートで、３週間ホームステイ。初めての海外体験。ホームステイ先はお父さん、お母さんに小学生の男の子が二人のとても親切な家庭。ただその当時、猫が苦手だった私は毎日じゃれて来る猫に怯えて３週間を過ごしました。食事は口に合いませんでしたが、残しては悪いと思い毎日残さず食べると、ホストマザーは食事が気に入ったものと勘違いし、日に日に食事の量が増え、結局３週間毎日残さず食べる結果に……。

その他、高校２年生のころに再びイギリスとカナダでもホームステイをしましたが、イギリスのほうが肌に合っていると感じました。

③ 留学先を選んだ理由・評価

　本当は、イギリスの大学に行きたかったのです。（今ではアメリカに留学していて良かったと思っています）。イギリスは学校制度が日本とは違うので、高校卒業後、直接大学留学するのは難しく、断念。友達の取り寄せていたアメリカの大学案内を貰い、その大学の学部に興味を引かれて大学を決定。大学の所在地も、マンハッタンから車で1時間ほどの田舎で、都会過ぎず、田舎過ぎず、親を説得するにもとても良い環境でした。日本人の少ない大学を選んだのですが、大学では語学留学の日本人学生が多く、結局卒業するまでに日本人の友達も沢山出来ました。

　今思えばアメリカの事など何も知らず、大学のこともよく分かっていませんでした。大学生活はとても充実したもので、よく遊び、よく勉強した4年間でした。

④ 大学での専攻と選んだ理由

　Visual & Performing Arts 学部・Communication Arts 学科・Broadcasting 専攻

　日本ではどの大学にでもある専攻ではありませんが、アメリカではポピュラーな専攻だと知りました。

　残念ながら、勉強大好き！　ではなかったので、大学では自分の興味のある、好きな事を学ぼうと決

めていました。「テレビ大好き！」だった私は制作に興味があったので、この専攻を見つけた時、迷わず選択しました。

⑤ 専攻した学部での学習は役立っていますか？

役立っています。ブロードキャスティングといっても学ぶ幅は広くて、テレビやラジオの制作以外にも、コンピューターグラフィック（CG）やジャーナリズムも学びます。CGの知識はたびたび役立つ場面があります。リサーチ方法なども大学時代に鍛えられました。現在の仕事でもビデオ撮影の仕事がたまにあり、インターンの時にお世話になった方と仕事をいっしょにしたりすることもあります。

専攻した学部での学習は、色々な人の考え方の違いを学ぶ場にもなりました。ディスカッションのクラスが多かったので、どのクラスでも自分の意見を求められ、また、他の学生の考えを知ることができました。これは日本文化とアメリカ文化の違い！と感じることもあれば、共感することもありました。アメリカ人の考え方を知り、自分の意見をしっかりと持つことを学習したことは、今の私にプラスになっていると思います。

⑥ 留学において予定以上にかかった費用

両親に聞いてください。(笑)

⑦ 英語をマスターするために努力したことは?

あまり、努力はしませんでした。おかげで、今も英語には苦戦中……。(苦笑)

大学では毎日の授業と、その授業の宿題のレポートやテストの勉強で、あっという間に大学生活が終わってしまいました。英語をマスターしようと考える時間が無かったんだと思います。きちんと勉強しておけばよかった、と今でも後悔。今も、チャンスがあれば英語の勉強をしたいと思いますが、なかなか時間も無く、現状の英語力のまま生活中。

⑧ 卒業後の経歴

現地就職派。

卒業後、1年間のプラクティカル・トレーニング・ビザ(短大、大学、大学院に在籍した卒業生やF-1＝学生ビザの専門学校生を対象に発給される特別の就労許可証ビザ)を取得し、日系広告代理店に採用され、就労ビザを取得。現在は永住権ビザ(グリーンカード)を取得。アメリカの高等教育機関の取材・リサーチ等の仕事を行っています。

⑨ 日常生活で英語を支障なく使い始めたのはいつ？

　生活レベルで問題がないと感じたのは、大学を卒業してから1年ぐらいしてからかな？　大学を卒業してマンハッタンに引っ越してから、なにかと交渉する機会や、苦情を伝えなければならないケースが多くなり、自分の意思をきちんと伝えないと、全てが前に進まないことを思い知らされました。自分の主張を相手に言いくるめられずに、伝えられるようになったのは、卒業後しばらくしてからだったと思います。

⑩ 留学における心に残るエピソード

　留学を決意した時は、日本人の居ない環境で英語だけの生活を送ろうと考えていたものの、いざ留学してみると日本人はどこにでも居るもので、結局英語だけの生活とは程遠い環境でした。思ったように英語が通じない生活の中で、日本人の友達と過ごす時間は凄く楽で、でも楽なほうを採れば英語は上達するはずもなく……。

　何のためにアメリカに来たのかを考えた時、このままではいけないと、遅ればせながら自分を楽な日本語生活から現実の英語生活に移行することができました。なかなか自分の気持ちをどう英語表現したら良いのか分からず、苦労し、悔しい思いをするこ

ともありましたが、日本人の友達だけとただ楽しく過ごしていたら、大学卒業など程遠い話だったでしょう。

　でも、英語生活に移行したからといって日本人の友達との交流が無くなったわけではありませんでした。留学生活の中で、日本人の友達はとてもいいプラスだったと感じています。学部は違いましたが、同じように頑張っている日本人の友人たちは励みになり、いろいろな面で助けられ、精神的に支えられた気がします。

　ただ遊ぶだけではなく、お互いに目指すものがあり支えていけるのであれば、留学生活の中で日本人の存在は本当に心強いものです。

⑪ 海外で生活しつづける理由

　日本に帰国するチャンスを逃したから？　　（笑）

　日本に帰りたくなかったわけでもないけれど、仕事をして、結婚をして、子供が生まれて……。私の生活基盤は全てこの町にあるので、当分はこの町で暮らしていくと思います。

⑫　（対象外）

⑬ 海外生活においてつらいこと

辛いと感じることは、あまり有りません。唯一あげるとすれば、おいしい日本食が食べられないこと。

⑭ どういう文化の違いを感じますか？

マンハッタンはいろいろな違う文化の人たちが集まって出来ている町なので、皆違って当たり前、そう思って生活していると無意識に違いを受け入れる習慣がつき、最近では違いを感じなくなりました。

そういえば、大学のころ体調を壊して大学の保健室に行ったところ、「栄養があるからピザを食べなさい」といわれた時は、日本では絶対に返ってこない答えに呆然としました。

ホームステイの時に高熱が出て、熱を冷ますために水風呂（さらに氷を入れて）に入らされた時に、死んでしまうかもと思ったことも……。

⑮ 日本と留学先の文化の共通点は？

親切な人は人種を問わず必ず居るもので、自分の仕事しかしないアメリカ人が多い中、自分の協力できることは何でも！　と進んで助けてくれる人たちに助けられています。（自分の仕事しかしないというのは、訴訟の国アメリカなので、知らないことは適当な返事をしないということなのでしょうが、そ

う理解出来たのは最近のことで、親切な人を懐かしく思う日々でした)。

⑯ 海外で生活すると日本人男性に魅力を感じなくなる？

　そんなことは決してありません。日本人、アメリカ人、その他の人種に関係なく、その人がどうかという問題なので、日本人だから……というのはありません。

　日本人男性よりアメリカ人男性のほうが優しい、という人が居るかもしれませんが、アメリカ人はレディーファーストの習慣があり、紳士的な男性が多いですが、これは文化の違いで、小さいころからこの習慣に馴染んでいるアメリカ人と、そうでない日本人では違い過ぎます。(もしこの部分を魅力的と感じるならばですが……)。

⑰ どこの国も日本ほど安全ではない？

　マンハッタンに住んでいるので、安全面では気を使います。テロ事件など、予知できない惨事に関しては別ですが、近寄ってはいけない場所、時間というのはどの町でもあるはずで、そのルールは必ず守ります。身近な友人でも銃で脅された、撃たれた、といったケースはありましたが、ルールを守っていない場合がほとんどでした。

（たまにルールを守っていても、警戒していても被害に遭うことがありますが、そんな場合は、「運が悪かった」と片付けられてしまいます）。

⑱ 海外生活で得たこと・得ること
　海外に住んでいるからこそ、日本に居た時には気づかなかった、日本の長所・短所を確認することができました。

⑲ 留学しなければ日本で何をしていましたか？
　……日本に残った場合の状況を想像できません。留学時代は、やりたいことは、海外ということに制限されずに、それなりにやってきたと思うので、特にありません。

⑳ 留学していた国についてどう思っていますか？
　気がついたらアメリカに住んでいた、といった感じで、アメリカが絶対に良いと思っているわけではないのですが、ニューヨークは住みやすい町なので気付いたらまだ住んでいた、というのが現状です。休暇で日本に帰国して、どれだけ日本が楽しくても、ニューヨークに帰ってくるとホッとします。
　成人する前に日本を離れてしまったので、日本のことをよく知らない分、日本に対する憧れはあり、

「日本は楽しいに違いない！」と常に思っています。

㉑ もし生まれ変わったとしても留学しますか？

きっと留学していると思います。世界中で使うことのできる英語を取得したいと、必ず感じるでしょう。

㉒ 兄弟、姉妹も留学されていますか？

私が大学を卒業してマンハッタンに引っ越してきた年に姉が遊びに来て、その時、姉はニューヨークで自分の進みたい道を発見。その後、姉は日本での大学院生活にピリオドを打って、もう一度マンハッタンで大学に編入。大学卒業後、現在はジャズピアニストとしてマンハッタンで活動するとともに、マンハッタンの大学でも教員として働いています。妹は日本の大学卒業後、ステンドグラスの勉強をして、その後も就職はしないで木工の学校に入って、またまたそこを卒業後、現在はフリーでステンドグラスの仕事をやっています。今年ぐらいから家具のデザインの勉強に、マンハッタンに来たいと言っている……。どうなることやら。まぁ、妹はそんな感じです。

㉓ **海外での経験は今どのように生かされていますか？** ──

　　　今も海外生活なので、毎日が経験の積み重ねで、毎日がその応用です。

㉔ **（対象外）** ──────────────

㉕ **海外における日本語との関わり方は？** ──────

　　　漢字はびっくりするほど忘れました。（元々あまり知らないのですが……）。日本語の文章は全てワープロなので、それも原因の一つです。子供は家庭内でしか日本語を学んでいないのに、私の日本語が乱れているので、日本語をどう教えてあげるかを考えると頭が痛いです。

㉖ **（対象外）** ──────────────

㉗ **日本に帰国する可能性は？** ──────────

　　　今は、日本に戻って生活する可能性はかなり低いですが、まったく無いわけではありません。きっと、後15年は無いでしょうが、その後の事はまったく分かりません。老後は日本でおいしいものを食べて暮らしたいと願っていますが、どうなることか……。

㉘ **（対象外）** ──────────────

㉙ 将来の目標は？

　育児と仕事をこなすのに悪戦苦闘中で、今は将来の目標を語れる状況ではないのです。

㉚ これから留学する人へのメッセージをください

　留学にもいろいろな種類がありますが、語学留学にせよ、高校・大学留学にせよ、なぜ留学を決めたのかという自分の気持ちを忘れないことが大切だと思います。ただ英語が話したいのであれば、国内の英語学校で真剣に学べば話せるようになります。あえて海外に行こうと思った気持ちが大切で、自分のやる気無しには絶対に成功しないと思います。違う言葉で、文化も全く違う国で生活していくわけですから、勉強以外にも学ばなければならない事は山積みです。それを乗り越えてでも得たい何かをもって挑めば、留学は成功すると思います。頑張ってください。

―2　ともこ

プロフィール
- 年齢　28歳
- 仕事　大手電機メーカー勤務・イベントサービス部門
- 家族　日本人の夫
- 東京都在住

留学先・留学期間

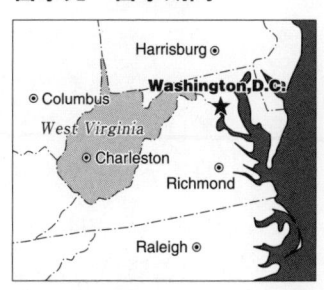

Ⅰ　アメリカ・ウエストバージニア州の州立大学
　1994年5月〜97年5月

留学先の選択

　留学情報誌を参考に、大学からパンフレットを取り寄せて選択。ビザ発給手続きは業者に依頼。

英語スコア　TOEFL；510（入学時）　TOEIC；750（卒業後）

留学内容 Ⅰ

　半年間、大学付属の語学学校にて大学の授業についていけるようみっちり英語を勉強。必要な TOEFL スコアを取得後、社会学専攻、オフィスマネジメント副専攻として4年制大学を3年で卒業。卒業に必要な単位数が少ないという簡単な理由で社会学を選びましたが老人ホームでカウンセラーとして働いたり、幼稚園にて課外活動があったりと、いろいろ貴重な経験をしました。カレッジ・コアー（聖歌隊）に所属し、ウエストバージニアの高校や中学校、老人ホームなどを回り、コンサートを行ったりもしました。卒業式間近のイベントでコンサートを行う予定でしたが、前日に水道管が破裂してしまったため、大学構内が水浸し、断水状態になり、残念ながらコンサートは中止。これだけは今でも無念さが残ります。休みを利用してよく旅行へも出かけ、よく遊び、テスト前は必死に勉強した3年間の大学生活。日本、アメリカ以外の世界各国の留学生と触れ合えたことも貴重な思い出。

住まい：2年間は大学寮、1年間はアパートにて生活。

　大学寮では2年間のうち三人のアメリカ人ルームメイトを持ちました。特に仲良しだったルームメイトは教育学部を専攻していたせいか、年下だったのにお姉さん的存在でいろいろ助けてくれたり、人間

関係のことなど話し合ったりとてもいい子でした。大学4年になり、勉強も忙しくなってくるころ、やはりプライベートな時間と空間も欲しくなったということ、またアメリカ生活にも慣れてきていたのでアパートに出ました。アパートといっても、かなり大きな家を借りて三〜四人でシェアする、というのがアメリカでは一般的。私のところはうちの大学生ばかりが住んでいたので、ほとんど皆顔なじみの寮という感じ。しかし、今度は一人の部屋があるので大学寮に住んでいたころよりは住みやすくなりました。門限もなく、家でパーティーなどもできるので、この1年間はとても楽しかった。

① 留学を決めた理由

　高校時代のホームステイがきっかけで、もっと海外の文化を肌で勉強したいという思いがつのり、1年間の留学制度がある（成績優秀者のみ）東京の4年制大学の推薦をもらいました。しかし、推薦入試直前に進路担当の先生に「海外へどうせ行くなら3年以上は行け」という鶴の一声で、迷わずアメリカの大学に進路を変更。自分自身でも1年だけでは物足りないと思っていたのかもしれません。私の場合、幸運なことに留学に関して誰も反対する人はいませんでした。

② 留学前のホームステイおよび海外旅行経験

　高校２年生の夏休みに１ヶ月、アメリカ・カリフォルニア州オーシャンサイドにホームステイ＆語学研修。私にとって生まれて初めての海外！　心配や不安など一切なく、とにかく楽しみで仕方ありませんでした。行く前はホストファミリーと文通で家族構成や趣味などを連絡しあいました。ホストファミリーは、父、母、子供（高校生の男女）の四人。ハワイ系の移民でかなり明るいファミリーでした。英語での文通でウキウキ気分でしたが、そのころの英語力ではかなりめちゃくちゃなものだったでしょう……。オーシャンサイドの高校にて、英語の授業や、旅行などを楽しみました。１ヶ月はあっという間に過ぎ、逆ホームシックになりそうでした。とにかく、今までの自分の視野の狭さにショックを受け、英語の上達というより、初めていろいろな経験ができたということが貴重な思い出。このホームステイをきっかけに、大学もアメリカに行きたいと思うようになりました。

③ 留学先を選んだ理由・評価

　初めは田舎のほうが勉強に専念できる！　とありきたりに考え、アメリカ東部のウエストバージニア州（ワシントン D.C から車で４時間くらい）を選

びましたが、今となるとどんな都会でも田舎でも結局は自分次第だと思う。行ってからあまりの田舎さにギョッとしました。しかし、広大に広がる美しい自然の多いキャンパスは田舎ならではのもの。車がないと生活できません。高校時代に行ったカリフォルニア州へのトランスファー（転校）も考えましたが、単位の移籍などで無駄が出てしまうということで、結局トランスファーはしませんでした。アメリカの場合、州立大学は授業料が安い上、施設もかなり充実しています。TOEFL スコアは私立に比べて割と高めを要求されます。

④ 大学での専攻と選んだ理由

Sociology（社会学）
卒業単位数が他と比べて少なかったため。

⑤ 専攻した学部での学習は役立っていますか

社会学は今の仕事には直接には役立っていません。海外からのお客様を接客するときの英語力は役立っています。

⑥ 留学において予定以上にかかった費用

全て予定通りでした。

⑦ 英語をマスターするために努力したことは？

　　初めはとにかく大学が要求する TOEFL のスコアを取るために勉強しました。それ以外は特に努力していませんが、大学の勉強と日常会話で自然にマスターできました。

⑧ 卒業後の経歴

　　帰国就職派。

　　私は外から日本を見ることによって、日本の良さが分かったので、日本で就職し、留学経験を役立てたかった。現在は、VIP を始め、アメリカ、ヨーロッパ、アジアなど世界各国からのお客様に製品を紹介する業務に携わっています。

⑨ 日常生活で英語を支障なく使い始めたのはいつ？

　　はっきりとは言えませんが、だいたいアメリカに行って1年くらい（？）。何か問題が発生して解決できたとき上達しているのが分かるのかもしれません。ただ、よく言われていますが、何もしないで自然に英語が話せるようになった、というのは大ウソ！　自分の努力なしでは無理！

⑩ 留学における心に残るエピソード

　　アメリカの大学は、誰でも勉強しやすいように、

子供のいる人のために大学内に幼稚園があったり、昼間に仕事をしている人のために夜から始まるクラスもあったりと、いろいろなバックグラウンドの人々が勉強しやすいようにカリキュラムが組まれていることに驚きました。ニューヨークではないですが、大学内の"Melting pot"です。夜のクラスは、40代、50代の世代のおじさん、おばさんたちが横で同じ机を並べて勉強する、ということはざらにあります。昼間に一生懸命仕事をして、さらに夜は勉強、という人たちがたくさんいるのです。また休み時間に子供にミルクをあげに幼稚園へ戻り、また授業に参加する、という忙しいお母さんもいました。もちろん、これはアメリカ人のみではなく、留学生でもいるのです。私はこういう人たちの姿を励みに、「簡単な理由で辛いなんて言ってられないなぁ」と感じました。その人たちからたくさんのエネルギーをもらいました。アメリカの大学はあきらめなければいつでも勉強できるシステムだということに深く感心しました。

⑪ （対象外）

⑫ **海外生活にピリオドを打った理由**

　アメリカも好きですが、やはり私は日本が好きで

した。日本にいると、日本の良さはあまり見えてきませんが、日本にもすばらしいところがあるんだな、と海外生活によって知ることができました。なので、この経験をもとに、日本の良さを海外の人に知ってもらえれば、と思い、日本で就職することに決めました。

⑬ 海外生活においてつらいこと

食事が大変でした。専らの和食党ではないのですが、ハンバーガーやピザの生活は1カ月で嫌気がさしてきました。私のいた所は田舎だったので、日本食はほとんど売っていなかったので、日本から送ってもらっていました。インスタントの白いご飯とお味噌汁だけでも、なんて幸せなんだと、切実に感じたのを今でも覚えています。

⑭ どういう文化の違いを感じますか？

アメリカは自己主張がはっきりしている人が多いです。また、感情が豊かで、感情をなるべく抑えようとする日本人の文化とは全く違うと感じました。

⑮ 日本と留学先の文化の共通点は？

人は人だ、ということ。〜人だから〜だ、という固

定的な観念で見るとなかなか気づきにくいのですが、一緒に生活をしてみて、怠惰な人もいるし、きちんとしている人もいます。日本人にもアメリカ人にも。

⑯ 海外で生活すると日本人男性に魅力を感じなくなる？

日本人男性でも素敵な人はたくさんいます。日本人男性に魅力を感じなくなる、という女性は不幸なことにまだいい人とめぐり合っていないのでしょう。

⑰ どこの国も日本ほど安全ではない？

当時は気を使っていたつもりでしたが、今考えるともうちょっと用心しておいたほうがいいのでは？と思います。危ない目には一度も遭っていませんが、私のアパートの鍵はものさしなどで簡単に開いてしまったので……。

⑱ 海外生活で得たこと・得ること

アメリカ生活3年間で得た事は言葉には表せないほどたくさんあります。強いて言えば、自分の価値観がかなり広がりました。いろいろな人と出会うことによって、いろいろな考え方の人がいることが分かりました。小さいことにはあまりこだわらなくなった気がします。

⑲ **留学しなければ日本で何をしていましたか？** ──────
　　　日本の大学に進んでいたら、女子大だったので毎日合コンなどに精を出していたでしょう。（笑）

⑳ **留学していた国についてどう思っていますか。** ──────
　　　アメリカも日本も好きです。今は日本に住んでいますが、また機会があったらアメリカに住みたいと思っています。

㉑ **もし生まれ変わったとしても留学しますか？** ──────
　　　勉強内容は変わっているとしても、絶対に留学しているでしょう。

㉒ **兄弟、姉妹も留学されていますか？** ──────
　　　私は一人っ子です。

㉓ **海外での経験は今どのように生かされていますか？** ──
　　　度胸がつきました。アメリカでの生活、とくに寮を出た1年間は何もかも自分でやらなければいけなかったので。

㉔ **取得した英語のスキルをどのように維持していますか？** ─
　　　今は仕事でも英語を使うことが多く、専門用語も出てくるので、毎日が勉強です。ラジオのビジネス

英語を聞いたりしています。

㉕ （対象外）──────────────

㉖ **日本に帰国してカルチャーショックはありますか？** ──
全くありません。

㉗ （対象外）──────────────

㉘ **海外で生活する可能性はありますか？** ──────
希望としてはあります。今度はヨーロッパがいいな。

㉙ **将来の目標は？** ────────────
自分でこれだ！　と思ったものを一生続けていきたい。

㉚ **これから留学する人へのメッセージをください** ───
留学経験は必ずプラスになると思います。自分を信じて頑張ってください。英語の勉強ももちろん必要ですが、できなくてもなんとかなります。ただ、向こうへ行ってから苦しむのは自分ですが……。私はこれができる！　とか、これに詳しい！　というものを一つでもいいから持っていくとよいと思いま

す。私は身体が柔らかいので足を前後に開くストレッチを特技としていたら友達が増えました。(笑)

―3 さくら

プロフィール

- 年齢　31歳
- 仕事　日系旅行会社勤務・ツアーコーディネーター
- 家族　独身
  カナダ・バンクーバー在住

留学先・留学期間

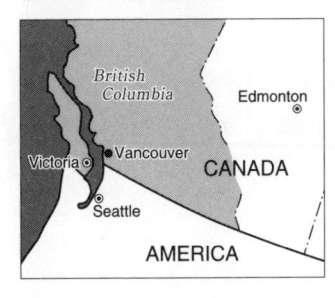

I　アメリカ・マサチューセッツ州の私立大学アカデミー（高校2年生）
1989年9月～90年4月

II　カナダ・ヴィクトリア州の短期大学芸術学部
1991年9月～94年4月

留学先の選択

アメリカ留学は、日本の高校との交換留学。カナダ留学は、アメリカで発売されている大学ガイドにより選択

英語スコア　TOEFL；570　TOEIC；955

留学内容 Ⅰ

　授業が始まる前までは、「高校」を想像していましたが、実際は大学の授業に出席。クラスに行くとお姉さんお兄さんだらけですごく緊張しました。初めて取った心理学のクラスで、映画に出てきそうなくらいかっこいいブロンド、青い目のアメリカ人生徒が横の席にいて、ものすごくドキドキして、授業も半分くらいしか聞けなかったこともあったりしました……。体育系の授業は英語面で比較的楽だと聞いたのでエアロビクスを選択したら、試験というのが、自分がインストラクターになってクラスに動きを教えるというもので、この時の惨事は今思い出しても赤面してしまいます。高校生らしいといえば、近所にあった高校のプロム（Dance Party）に正装して参加したこと。本や映画などでみていて、慣れていたのでとても楽しかったです。

住まい：大学寮

　部屋は一度だけ変わりましたが、ルームメイトは最初も後もアメリカ人で、どちらとも面倒見がよく、アメリカの祭日には実家などに招待してくれたりなど、とてもよくしてくれました。寮でパーティがあったりと、アメリカらしい大学寮生活ができたと思います。結構びっくりしたこともありました。女子寮に住んでいた時にお風呂に行ったら、シャワール

ームのカーテンの下から足が4本出ていたりするので（もちろん、男女）、部屋に一度引き返して、また時間をずらして再度シャワールームに行ったり……。

II

フランス語のクラスで会話をするのにかなり苦労しましたが、中国語のクラスでも同様、先生から各生徒がつけられていた中国名になかなかなじめず、自分が呼ばれているのさえもわからなかったこともあったり。でも中国人の先生はとてもやさしくいつも笑顔。そういえば何となく、サザエさんににていたような……。大学の先生は個性的な人が多くて、文学の教授は Feminist だったりして、ホントに様々な世界が存在するのだというのを実感したりもしていました。

住まい：一人暮らし

初めの2週間はホームステイし、その間にアパートを探しました。3回アパートを変わりましたが、どれも気に入って暮らしていました。うち二つは、海岸の近くだったので、気軽に散歩ができたりして落ち着いた環境（安全性もかなりよい）でした。

① 留学を決めた理由

中学で英語、そして外国に対して強い興味を持ち

始め、高校に入った時に1ヶ月の短期留学を体験し、それからは長期留学への希望が自分の中ではっきりしました。

② 留学前のホームステイおよび海外旅行経験

高校1年生の夏に、カリフォルニア州ロサンジェルスのサマースクールに通いました。最初の2週間はホストファミリーにお世話になりました。とても温かい家庭で、現在も訪ねたりして、交流があります。料理がとても上手なホストマザーで、持たせてくれるランチもボリューム満点でおいしかったです。その後の2週間は、ちょっとした寮生活。ルームメイトは日本人でしたが、いろんなアクティビティなどがあったので、それなりに楽しみました。

③ 留学先を選んだ理由・評価

アメリカでの留学は、すでに体験していましたので、同じ英語圏であるカナダを選びました。カナダは治安もよく、教育水準が高い国と聞いていましたので、それも選んだ理由の一つ。通っていた大学は、日本人もそう多くなく、英語に触れる時間、日本人と接する時間のバランスがとれていて、落ち着いて勉強することができました。

④ 大学での専攻と選んだ理由

Liberal Arts（フランス語）

言語に対して強く惹かれていました。カナダではフランス語が公用語なので、必要だと思いました。そのうえ、言語は全ての原点になるので、どんな分野の仕事をするにしても幅広く対応できると思っていましたので。

⑤ 専攻した学部での学習は役立っていますか？

どの職種においても、語学は生かされると思いました。実際、今の生活でも活かされています。

⑥ 留学において予定以上にかかった費用

特になし。

⑦ 英語をマスターするために努力したことは？

できるだけ長い時間英語に触れていました。話す練習が出来なくても、ラジオを聞いたり映画をみるなどして、楽しみながら勉強できる環境を自らつくっていました。

⑧ 卒業後の経歴

現地就職派。

大学卒業後、ある日系の旅行会社に入社し、ツア

ーコーディネータとして、2年半勤務。その後、別の日系旅行会社に転職。現在の会社は2社目。

　旅行会社を選んだのは、母国語(日本語)と外国語を同時に活用できるから。それと、自分が海外に暮らしているので、自己の外国文化経験を日本からの旅行者のサポートに活かしたいと思ったからです。

⑨ 日常生活で英語を支障なく使い始めたのはいつ？

　カナダの大学に留学する前に、アメリカの大学で1年間学んだため、コミュニケーションレベルでは問題はありませんでした。でも、授業は理解できても、大量の課題をこなしたり論文を書いたりするのは、卒業まで大変でした。仕事には問題なし。

⑩ 留学における心に残るエピソード

　フランス語を勉強しはじめたころはかなり大変でした。カナダではフランス語を中・高で既に習いはじめていますので、大学レベルになると、初級といえども、進み方が早いのです。もうとにかく英語でごまかしつつ、ひたすら勉強するしかありませんでした。文法はともかく、会話が一番の問題で、毎週クラスの前で、週末は何をしたかという発表の場では、実際何をやっていたとしても、「家の掃除をしていた」と「ビーチで水泳をした」としか言えませ

んでした……。結果的に、コースを Pass できたときは、大変だった分とても嬉しかったです。勉強面はいろいろと大変でしたが、友達からの支え、教授の協力があったから頑張れたのだと思います。

⑪ 海外で生活しつづける理由

　　自分のペースでいろんなことに挑戦できることかな。自由が多いというのは、いい面もあるけれど、その分、すべて自分で責任をもってやらなければいけません。自分にキビしく、そして自由を楽しみながら、向上していければいいなという思いです。

⑫ （対象外）

⑬ 海外生活においてつらいこと

　　ペース的にはゆっくりしているので自分に合っているけれど、カナダでは色々と曖昧なところが多いので常に再確認が必要であること。自己管理（健康＆精神面）が大きな課題。

⑭ どういう文化の違いを感じますか？

　　必要なことははっきりと言わないといけないという違い。カナダの人は、流行に流されないで、個性を尊重するところがいい。

⑮ 日本と留学先の文化の共通点は？

いい人はいい人。心のあり方は同じ。

⑯ 海外で生活すると日本人男性に魅力を感じなくなる？

特にそういうふうに感じたことはありません。確かに Lady First とかに慣れてくると、日本に帰国したりしている時に「あれっ？」とか思うことはあります。けど、それが日本人男性の大きなマイナス要因になったりすることもありません。外国人男性も日本人男性もそれぞれ長所、短所はあるので、国籍を問わず、惹かれるひとには惹かれるということです。

⑰ どこの国も日本ほど安全ではない？

安全と言われていても、夜中に一人で歩くといったリスクがあることは初めからしません。バスで帰ることができても、リスクを避けてタクシーに乗ったりします。ドアマンのいるアパートに住んでいます。とにかく、リスク要因を増やさないことです。

⑱ 海外生活で得たこと・得ること

――自己確立へのプロセス。

――いろんな国の友達。

――広い視野。

⑲ **留学しなければ日本で何をしていましたか？**
　なし。考えられません。

⑳ **留学していた国についてどう思っていますか？**
　とても落ち着いた国。比較的安全。バンクーバーは差別もないので生活しやすい。
　物価が安い（たとえば、ドアマン付きの都心のアパート１ルーム：食器洗いマシン、洗濯機＆乾燥機、オーブン、電子レンジ付、ビル内にジャグジー＆プール、駐車場付がなんと約６万５千円！）。ただし、刺激が Below Zero ＝全くありません……。その代わり、日本で感じるなにか圧迫・圧力のようなものもありません……。

㉑ **もし生まれ変わったとしても留学しますか？**
　はい。必ずしていると思います。

㉒ **兄弟・姉妹も留学されていますか？**
　弟が同じ高校生時代にアメリカに短期で行っていたことはありますが、その後は長期留学とかはしていません。

㉓ **海外での経験は今どのように生かされていますか？**
　生活・仕事ともに生かされていまます。社内では

日本語。ベンダーサプライヤーなどとの取り引きを含む社外コミュニケーションには英語が不可欠。

㉔ （対象外）

㉕ 海外における日本語との関わり方は？

日本の新聞・雑誌を読み、日本のビデオを見ます。社内では日本語を使用しています。

㉖ （対象外）

㉗ 帰国する可能性は？

はい。でもまだ検討中……。

㉘ （対象外）

㉙ 将来の目標は？

まだいろんな職種につきたい。これからも幅広いスキルを身に付けていきたい。
まだまだ勉強が必要……。

㉚ これから留学する人へのメッセージをください

留学は努力と辛抱も必要ですが、そこから得るものはとても貴重なものになると思います。留学とい

っても、何を一番の目的にするかということをはっきり自分の中で目標設定することは大切なことです。つらくなった時は、その目標に向かって、昨日よりも一歩進めていけたらよしとして、自分を励ましながら留学期間を精一杯過ごせればよいと思います。楽しいこともつらいことも全て含めて、自分らしい内容の濃い留学を体験してみてはどうでしょうか？

―4 さえこ

プロフィール

年齢　26歳
仕事　イラストレーター
家族　独身
　　　フランス・パリ在住

留学先・留学期間

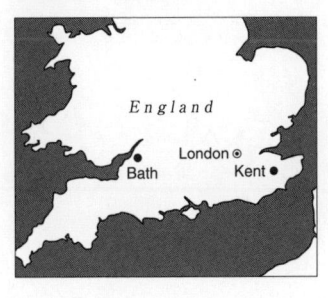

I　イギリス・エイボン州バースのスパ大学
　　1994年8月～95年7月
II　イギリス・ケント州ケントの美術大学
　　1995年9月～98年6月

留学先の選択

ブリティッシュ・カウンシルを通して選択。

英語スコア　IELTS ; 7.5～8

留学内容　I

　第一希望の学校には英語力が足りなさから入学できませんでした。そのため、この学校で英語力を上げて、IELTS（イギリス、オーストラリア、ニュージーランドへの留学希望者の英語力を審査するテスト。IELTSには、合格、不合格の判定はなく、評価は1から9までの点数で出されます）で、入学に必要な6.5ポイント以上出すために勉強していました。

　イギリスの大学システムにおいて、特に美術の勉強をする生徒は、大学三年間の間に、1年間 Foundation Course といういわゆる「基礎」（考えつく限りのありとあらゆる範囲のアートすべて）を徹底的にしかも自由に、柔軟に教わる期間が設けられています。コース終了後、Portfolio（自分の作品）をまとめて、入りたい学校に面接に行くのです。Kent Institute of Art and Design の Foundation Course から、入学する手もあったのですが、私の場合、すでに美術系の高校に日本で通っていたため、Portfolio については合格点をもらったのですが、英語が問題だったのと、ベーシックな美術以外も学べるので、Bath College of Higher Education の1年生に入学したのです。そこでは美術のほかにも

2、3教科（ちなみに私は音楽、英文学、児童心理学の3教科）が勉強できるという、1年目にはちょっとした魅力のカリキュラムがあるので選びました。日本の大学と提携していたため、私の予想以上の日本人の多さにびっくりしました。そういった意味では、まぁうまく日本語、英語のバランスはとれていたかなぁ……。

住まい：ホームステイ

　お母さん、お父さん、11歳の双児の女の子たち、3歳の男の子。お母さんは再婚で、双児のお父さんもたまに遊びに来ていました。ちょっとベジタリアンに類する家庭料理でした。別にまずくはありませんでした。

　3歳の男の子はちっちゃいくせにすんごい力の持ち主で、たまにプロレスみたいな取っ組み合いの相手にされて、負けていました。双児はとにかく早口だったな。学校のこととか話してくれたり、学校の友達がよく遊びに来たりして（なぜか私の部屋でよく遊んでいたから）、それなりにイギリスらしい子供社会を垣間見ることが出来て楽しかった。

　お父さんはオーディオマニアで、私の父（父も同じくオーディオマニア）が日本から来た時なんか、お互い日本語も英語も分からないくせに変に通じ合っていました。クリスマスをイギリスで……は、や

っぱりこの年が印象深いな。イギリスのトラディショナル料理もいいんじゃない？　なんて思いました。とにかく子供がいる家庭だったんで、ドタバタっていう感じの一年でした。

　上の部屋の階は別の三人くらいの20代のイギリス人に貸していました。たまに階段の所なんかで会って、あんまり交流はしなかったけれど、時々挨拶したりして……。

II

　ケントでは楽しい日々を過ごしました。小さい田舎の学校でしたが、ヨーロッパやアジア（もちろん日本人も少しいました）からの留学生、イギリスのいろんな地域から来ているイギリス人や先生がいて（もちろんだけど）、わいわいガヤガヤ、どたどたバタバタ……?!

住まい：学生寮

　いわゆる、Student House という一件の家を何人かの生徒とシェアするというもの（台所やトイレなどはシェア、部屋は個人個人）で、3年間。私の場合は学校が所有する家に、私のほか四人の生徒たちと一緒に男女混ざって住んでました。学校の建物だったから、毎学期末ごとにこれらを管理している

２、３教科（ちなみに私は音楽、英文学、児童心理学の３教科）が勉強できるという、１年目にはちょっとした魅力のカリキュラムがあるので選びました。日本の大学と提携していたため、私の予想以上の日本人の多さにびっくりしました。そういった意味では、まぁうまく日本語、英語のバランスはとれていたかなぁ……。

住まい：ホームステイ

　お母さん、お父さん、11歳の双児の女の子たち、３歳の男の子。お母さんは再婚で、双児のお父さんもたまに遊びに来ていました。ちょっとベジタリアンに類する家庭料理でした。別にまずくはありませんでした。

　３歳の男の子はちっちゃいくせにすんごい力の持ち主で、たまにプロレスみたいな取っ組み合いの相手にされて、負けていました。双児はとにかく早口だったな。学校のこととか話してくれたり、学校の友達がよく遊びに来たりして（なぜか私の部屋でよく遊んでいたから）、それなりにイギリスらしい子供社会を垣間見ることが出来て楽しかった。

　お父さんはオーディオマニアで、私の父（父も同じくオーディオマニア）が日本から来た時なんか、お互い日本語も英語も分からないくせに変に通じ合っていました。クリスマスをイギリスで……は、や

っぱりこの年が印象深いな。イギリスのトラディショナル料理もいいんじゃない？ なんて思いました。とにかく子供がいる家庭だったんで、ドタバタっていう感じの一年でした。

上の部屋の階は別の三人くらいの20代のイギリス人に貸していました。たまに階段の所なんかで会って、あんまり交流はしなかったけれど、時々挨拶したりして……。

II

ケントでは楽しい日々を過ごしました。小さい田舎の学校でしたが、ヨーロッパやアジア（もちろん日本人も少しいました）からの留学生、イギリスのいろんな地域から来ているイギリス人や先生がいて（もちろんだけど）、わいわいガヤガヤ、どたどたバタバタ……?!

住まい：学生寮

いわゆる、Student House という一件の家を何人かの生徒とシェアするというもの（台所やトイレなどはシェア、部屋は個人個人）で、3年間。私の場合は学校が所有する家に、私のほか四人の生徒たちと一緒に男女混ざって住んでました。学校の建物だったから、毎学期末ごとにこれらを管理している

学校のいやぁーなおばさんが点検しに来ました。そういうわけで、その前日なんかお掃除したりなんかして大変だったんです。で、ちょっとでも汚いところがあるとまた次の週の来たりして……。

　料理なんてちゃんとしたことなかったから、しょっちゅうてきとーな物を食べたりしてたことがあったんです。フラットメイトは見るに見かねてたまに「作り過ぎちゃったから食べて！」なんておすそ分けしてくれました。たまに友達の部屋にお泊まりしたりするのも楽しかった、林間学校とかみたいで。エッセイ（レポートっていうのかな）の提出前は、同じ家に住んでいるイギリス人とかに文法を直してもらったんだけど、たいていその延長でエッセイ全体をまとめ直したりしてもらっていました。それぞれの部屋に行く前に、階段の所で「階段会議」みたいな感じで一日の出来事を話し合ったりしました。その時「あ、明日早く出るんなら私も起こして！」とか言ったりしてね。学校から帰るときもたまに同じ帰り道だったりして、「あの先生さ、お昼過ぎるとお酒臭いんだよー！」とかお喋りして帰ったりしました。楽しかった思い出です。

① 留学を決めた理由

　なんか、あんまりドラマチックじゃないんです。不

思議なことに、何となく小さいころから「私はそのうち、大きくなったら日本以外の国で生活するんだろうなぁー」と漠然と思っていました。それと、うちの母上が力強く「これからは日本だけ見てちゃダメよ、あたしはあなたたち（私と兄）に外から日本を見てもらいたいの！ そしてどう思うか考えてもらいたいのよ！」と日々言っていたのもあるからでしょう。（そんなわけで、私は日本で塾にも通ったことがありませんが、英語の家庭教師は中学校から私が留学するまでずっと同じ先生がついていました。それはそれは良い先生で、今でもたまに会うほどです）。

　日本でもすでに美術系の高校に通っていて、大学受験はどうするのかと聞かれた時、迷わず「私は絵本作家になりたいから、日本の美大よりももっと専門に勉強できるイギリスに行くと思います」なんて言ってました。その後、私の母上が神楽坂にあるThe British Council というイギリスの文化庁の世界版みたいな所で、イギリスに関する事（特にイギリスの大学への留学を目的とする資料など、その他も色々ありますが、あんまり覚えていません）を調べられるよ、と教えてもらい、早速足を運んでみました。その後たびたび留学セミナーなどに行ったりもしたし、そこの英語学校に通って IELTS の試験のための勉強（留学スペシャルプログラム授業！）

を約1年半程、高校2年生の終わりごろからイギリスに渡るまで続けていました。

② 留学前のホームステイおよび海外旅行経験

　私の両親の友達でパリに住んでいる家族がいて（今私はそこに住んでいます）、9歳の時初めて私の兄（兄は二度目だった）と遊びに行きました。その後、母が、遅れてパリ旅行に参加、その休み中にロンドンにも数日足を延ばしました。その時のロンドンの記憶はパリよりも短い期間だったのに、色濃くのこっているなぁ……、不思議です！

　ホームステイは中学2年生のとき、3週間イギリスのバース（偶然にも私がその後1年間勉強したBath College of Higher Education と同じ場所）にある小、中学生を対象とした語学学校（午前中授業、午後遊び）に送り込まれた時経験しました。いろんなヨーロッパ人の子供たちやらイギリスのホストファミリーや先生に英語で喋りかけられましたが、ほとんど何を言っているのか理解できずに、それでも無事、毎晩チェスをしながら楽しく3週間暮らしました。

③ 留学先を選んだ理由・評価

　とりあえず、私の好きなイラストレーターたち、

そしてそのルート（ファンタジー！）がイギリスだったことと、パリに親戚みたいな家族の友達が住んでいたという理由から、英語圏の中でもイギリスだったわけです。それと、やっぱり「直感」で、イギリスだったのかな？　ロンドンは当時高校生だった私には治安が悪かったのと、日本人がたくさんいるというのと（英語が上達しないから）、「誘惑（遊び）」が多すぎる等の理由で、留学先候補から外して学校を選びました。

　1年目にいた Bath はこぢんまりとした避暑地で、ロンドンから電車で約2時間。場所としては最高の所なのですが、先にも述べたようにちょっと日本人が多すぎました。大学の提携で、1年間、単に英語を喋られるようにという目的で留学している日本人は「無意味」だな、とその1年間を通して思っていました。少しは英語を日本で勉強しているからといっても、やっぱり全然違う言葉なのだから……。例えばアラビア語とかタイ語を1年間でマスターしようなんて考えたら、ちょっと無理だと思うのが普通ですよね。英語だって（他の言語に比べたら簡単かも知れないけど）同じことですよね？　というわけで、1年目は予想外にイギリス人と話す機会が少なく、思ったよりも英語力が伸びませんでした。でも、それ以上にネイティブが喋る英語が、これ程聞

き取れないかなぁーとショックだったのも事実です。ホームステイ先にいた11歳の双児の女の子たちにみっちり鍛えられましたぁ……。

その後3年間いた Maidstone（メイドストーン）は、ロンドンまで電車で1時間なので、週末など息抜きに遊びに行けて良かったのだけど、イギリスの中でも最悪の町なんじゃないかと思う程、なんだかすさんだような雰囲気の漂う灰色な所でした。刑務所はあるし……。でも、いっぱい良い思い出も残ってます。林檎の果樹園があったり、広い公園があったり……。東京で生まれ育った私にとって、自然ってこんなに大切なものなんだなぁって感じさせてくれました。

Bath の大学と違い、この学校では皆、大まかには美術、芸術のことだけしか勉強していないので、誰とでも大抵気があって喋ることができて、そしてそれがまた一つ一つの発見となって楽しかった。それと、学校自体が小規模だったので、だいたいの生徒たちの顔を知っているのも面白かった。

もちろん日本人もいて、友達にもなりました。たまに喋れる日本語が妙に楽しかった。

④ 大学での専攻と選んだ理由

Communication Media（コミュニケーション・

メディア）学部・Illustration Pathway（イラストレーション科)

　イラストレーターになるために！

⑤ 専攻した学部での学習は役立っていますか？

　　役立ってます！

　うちの学校にはイラストレーション科のほかに、グラフィックデザイン科、写真科、タイムベースドメディア（Time based media；映像関係）科と版画工房やコンピュータルームなどがあり、生徒なら誰でも自由にアクセスできました。

　私はイラストレーション科だったのですが、コンピュータや版画、写真やヴィデオ、アニメーションまでも「とりあえずやってみる」という精神で学びました。今は忘れてることもありますが、使えばすぐに思い出すので、大抵のアートに関してなら、見る目と使う手が養われてます？！

⑥ 留学において予定以上にかかった費用

　　詳しく幾らかかったのか、というのは知らないんです。父上、母上には感謝ですね。

⑦ 英語をマスターするために努力したことは？

　　とにかくイギリスの美大はコンセプチュアルなん

です。ということは、とりあえず何事においても、説明しないと認められないより以前に、評価に値しないんです。というわけで、私の場合、取りあえず簡単な単語の言い回しで会話してました（今だにね？！）。難しいとこんがらがるし、単純明快が一番！　時には saekonese とも呼ばれる単語を作り出して喋ってました（実際には存在しない単語だけど、イギリス人たちには通じる言葉）。笑われるかもしれませんが、慣れてくると恥ずかしくないんです、これが。かえってイギリス人には評判だったかなぁ。

　ああ、あと、Why ?　What ?　の連続だったなぁ。とにかく分からないことは片っ端から聞いてました（しかも同じ事でも、何回も！）。大切なのは、何度も辞書をひくことかなぁ。毎回ひくことはないんですが、時には「ああ、あれって何の意味だっけ？」という感じでひくこと。「また忘れちゃった、今回で何度目？」っていうくらい覚えの悪い単語もありますが、それは相性の悪い単語だと思えば（日本語の漢字でもよく忘れるものってあるでしょう？）良いことだし、忘れた＝一度は覚えた、ということならいいじゃないか、というくらいの寛大な気持ちを持つことかな。

　……と、私が言えることなのだろうか？　まだま

だ英語も修行中で、マスターしたなんて思ってませんが……。

⑧ 卒業後の経歴

現地就職派？

私の場合はフリーランスなので、今のところはパリ（家族の友達とボーイフレンドが住んでいるということもあって、ついつい長居してます）を拠点に、たまぁに雑誌や本のイラストレーションを描きつつ、旅行したり、たまに日本に帰ったりしてます。

30歳くらいまではこんな感じで好きな事をやって暮らしていけるように努力するつもり（それ以降はどうなることやら……）。というわけなので、いばれることではありませんが、私はまだまだ両親とボーイフレンドとその母上にやっかいになってます。

日本に帰って同じような感じの職業をするというのも考えないことはないのですが、自分を一人のアーティストとして考えると、ヨーロッパにいるほうがしがらみがない分、絵の世界に没頭することができるし、他の国の文化を知るために旅行にも出やすいし、その旅行が私にとってとっても刺激になるので、とりあえずこっちに飽きるまで、または自分にあった国をみつけるまでは帰国するという考えはないかなぁ。

⑨ 日常生活で英語を支障なく使い始めたのはいつ？

　ん……。いつっていうのははっきり覚えてませんが……。

　私の場合卒業してすぐパリに来て、その後一年間旅行やらなんやらでブラブラして、次の年は約10カ月程日本に帰ってて、またパリに戻って……、でその間時々英語を喋る機会があったりするとき、何も考えずに会話が出来たりして、「あ、忘れてないな」くらいだからなぁ。今はフランス語を教わっていて、これもかなり苦戦してるし……。ということは、これくらいで日常は問題ないんですかね……。

⑩ 留学における心に残るエピソード

　とにかく、いろんな国の人と喋って、その人たちやその国を知ることが出来たこと。

　東京で生まれ育った私が、イギリスの自然に触れることのできた4年間は、頭だけで考える以上のことを教えてくれました。今やインターネットとか家庭におけるテクノロジーの発展は目覚ましいものがあるけれども（もちろん私もそれらを便利と思って使ってますが）、留学して様々な文化、考え、宗教、自然などたくさんのことを吸収して、世界は思っていたよりもまだまだ知らないことばかりで、ずっとずっと広いんだ、と感じることが出来たこと。

日本で高校生まで勉強していたことをすっかり忘れてしまっていて、「えっ、私って一体学校で何勉強してきたんだろう？」という状況に何度も遭遇し（例えば宗教なんかの質問をされると、自分や自分の家系が宗教をもっているのかさえもよく分からないから、どう答えれば良いのか分からなかったり、日本の政治や歴史についてちゃんと答えられない、日本語を喋っているけど、文法の説明が出来ないとか）、恥ずかしい（？）思いを何度もしているので、今からでも遅くはない、ということで留学後は自分の興味以外のいろいろなことに関心を持つようになったこと。

⑪ 海外で生活しつづける理由

なんとなく直感で、ヨーロッパのほうが自分にあっていると感じるから。

まだ、いろいろな所に旅行したりして、いろいろなものを見たい、だからひょっとするとヨーロッパ以上に私に向いている居場所を発見する可能性は十分あるから、あと10年後にはインドに住み着いちゃってる、ってこともありえるかなぁ。

あと、ヨーロッパに住んでいる限り、こっちでできた友達に毎日ではないけれども会いやすいからかな？（日本は遠すぎて、ほんとに会えないから……）。

⑫ （対象外）―――――――――――――――――――

⑬ **海外生活においてつらいこと** ―――――――――――

　　　すぐに家族や友達に会えないこと。時々あるんです、「あー、あの子今ごろ何してるかな」とかふっと思ったり。

⑭ **どういう文化の違いを感じますか？** ―――――――

　　　――全体的にファンキーなところ。
　　　――ちょっとだけジェントルマンなところ。
　　　――電車が時間通りじゃなかったり、すぐ停まっちゃったりして、それがあたりまえなところ。
　　　――日本人のかなりの人たちが「アメリカが一番、アメリカをお手本に！」というのに対して、アンチアメリカがたくさんいるところ。
　　　――競争意識よりも、個人（その人の持ち味）を大切にするところ。
　　　――サンドイッチの種類やらベジタリアンのものがたくさんあるところ。
　　　――すっごい量のビールを飲むところ（しかもおつまみなしでガバガバ！）。

⑮ **日本と留学先の文化の共通点は？** ―――――――――

　　　日本と同じで、やっぱり現地人の大学生は、適当

に勉強し、かなり遊びまくっているところ（でもすぐに落っことされますが……）。

⑯ 海外で生活すると日本人男性に魅力を感じなくなる？

それは一体どこで聞いたのでしょうか？

白人が好き、とかいう人もいるけど、それは人の好みというもので……。

やっぱり大切なのは、自分が一緒にいて楽しい人だったりするんじゃないかなぁ。

日本人でも面白い人はたくさんいます！　というか、世の中、「本当」に悪い人はいません！　（まだ私は会ったことがないので、そう信じています）。

⑰ どこの国も日本ほど安全ではない？

私の東京の実家が下町なものですから、ちょっと出かけるのにカギをかけたりしない、なんていう感じなものだから、久々に家に帰るとびっくりしてるんです！　ということは……、無意識のうちにオートロックとかで訓練されてるみたい。

私自身がブランド品などを持ち歩いている日本人観光客と程遠く、ビンボー（？）っぽくみえる姿格好をしているから、モノを盗られたこともないんです。普通にしていれば大丈夫、なのかなぁ？　ぐらいにしか安全面には気を使ってませんね。

⑱ 海外生活で得たこと・得ること

いろんな国のお友達。彼らを通じて彼らの文化を知ること、見ること、考えることなどをほんのすこぉーし知ることが出来たこと。

⑲ 留学しなければ日本で何をしてましたか？

日本のゲームって、すごく独特のものだと思うんですよね（ヨーロッパにあっても絶対これならうけるよ！　というのがたくさんあるからね）。だから、ゲーム関係のお仕事とか？　日本のマンガも世界的に日本の文化としてみられはじめているから、もっと日本でもマンガに対する姿勢を誇り高くもってもらいたいから、それについて何かしたいかなぁ……とか。とりあえず、絵を描きつつ自分の興味のある範囲から何かすると思います。

⑳ 留学していた国についてどう思っていますか

とにかくイギリスは面白かった。

今はフランスにいて、まだ言葉が上手く喋られないからかもしれないけれども、よくイギリスは良かったなぁ、と思うことがあるのです。芸術において、特にコンテンポラリーなものに対して、イギリスは常にオープンでいてくれるんです。そして、それを一部のインテリだけに受け入れられれば良いという

のではなく、できることならすべての人に、という感じの姿勢が私は好きです。そしてそれらが私の好きなイギリスのファンキーさにつながっているのではないか、と感じています。

日本に対して、私は以前「これはこういう風にあるべきだ」とか「あれはちょっとねぇ」とかいう感じの村意識みたいなものが根強くあるのが嫌でしたが、ここ数年で、その意識が変わったかな、と思うこともあります。（例えばエクストリームな格好をした女子高校生とか若い子たちが散々いろいろ言われていたのが、定着しちゃった……みたいな）。で、そんな不思議なアジアの一国である日本の若者が、最近長い冬眠から起きてきつつあって、なんか楽しいことがおこりそうな、そんな雰囲気があるように感じています。

㉑ もし生まれ変わったとしても留学しますか？

どうでしょう？　生まれ変わると昔だったり、すっごい未来だったり、人間じゃないかもしれないでしょう？　一つの国にずぅーっと住むっていうのもまた良いことだと思うし。江戸時代だったらずぅーっと江戸に住んでおちゃらけてる、っていうのも良いかなぁなんて思うし……。とにかく私は今楽しい人生をおくるために努力中なので、生まれ変わって

からなんていう先だか過去だか分からないことは考えつかないなぁ……ごめんね。

㉒ 兄弟、姉妹も留学されていますか？

母は兄も私と同じように海外で生活させてみたかったらしいけれど、兄にはそういう考えはなかったみたい（フランス、イギリス、アメリカに行ったことがあるけれどもね）。なので、私の兄は日本で舞台美術のお仕事をしてます。

㉓ 海外での経験は今どのように生かされていますか？

まだ毎日勉強してます。

何事においても毎日勉強、という気持ちを持てることって大切です。前向きにやってるなぁ、なんて自己満足だけど思えたりしてね……。

㉔ （対象外）

㉕ 海外における日本語との関わり方は？

今は英語以外の言葉を習いはじめてしまったので、日々日本語と英語は忘れていっていると思います。が、日本語にしろ、英語にしろ、本を読んだり、喋ったり、映画を観たりしているとすっかり忘れ去られてしまうものでは決してないので、特にスキル

を維持するために努力はしていないかなぁ。それと、フランス語は「英語≧フランス語」で教わっているので（そのほうが文法的に簡単に理解できるので）別の言葉を勉強しつつ英語も復習してる（？）のかな？！

㉖ （対象外）

㉗ 帰国する可能性は？

日本で生活することもあるかもしれない！　けど、東京じゃなくって、沖縄とか屋久島とか……なんかのんびりした日本の田舎を見てみたいなぁ。

㉘ （対象外）

㉙ 将来の目標は？

とりあえず、絵本作家にちゃんとなりたいですね。

㉚ これから留学する人へのメッセージをください

お金もかかることだし、よくよく考えてから留学しましょうね！

1年留学はあんまり身につかないから、お薦めはできません、残念ながら。

でも、人生変わるくらい思いがけない経験ができ

たり、面白い人に出会えるチャンスが欲しい人、その度胸がある人であれば、行くべし！　ですね。

　それと、英語以外の言葉っていうのも良いですよ(英語が向いていない、っていう人もいるんですから、ホントに……)。

─5 あやこ─

プロフィール

年齢　30歳
仕事　某国大使館マーケティング部勤務
家族　独身　東京都在住

留学先・留学期間

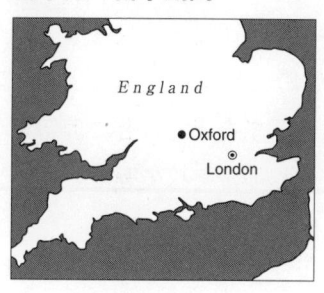

I　イギリス、サリー州の私立女子校
　　1990年9月～92年7月
II　イギリス・オックスフォード州の国立大学・大学院
　　1992年9月～95年7月

留学先の選択

サマースクールを実施している学校を探し、ブリティッシュ・カウンシルに相談。往復書簡で受け入れ先を選択。

英語スコア　TOEIC；970

留学内容 Ⅰ

　生徒は通学生か寄宿生（幼稚園児から高校までが生活する寮あり）。Sixth Form（2年制）と呼ばれる大学入試のための勉強（A-level）をする学年に編入。生徒は、「ハウス」と呼ばれる3つの縦割りのグループ（聖アンドリュー、聖ジョージ、聖パトリック）に属し、食事やイベントなどハウス毎に行う。（ハウス名は、Saint の名前がつけられる）。年1度、ハウス名の Saint の日にはドレスアップをして、夕食後ロンドンにミュージカルをみんなで観に行った。それは楽しいイベントのひとつだった。また、Sixth Form 用の電話は寮に1回線しかなく、電話の使用は緊急時とされ、手紙を書くことにより文章力を身につけさせるというのが学校の方針だった。

住まい：学生寮

　ロンドン郊外の小高い丘にある学校の近くには、映画館と1本の通り沿いにあるお店のみ。私の学年および一つ上の学年は、キッチン（電子レンジ・冷蔵庫付）もあり、二人部屋で私服。1年目は、一つ年上の日本人（Head Girl）と同部屋だったので一番いい部屋を確保できた。2年目は、同じ学年のセラリオネ出身の友達と1学期間相部屋。毎朝礼拝があり、日曜日には教会へ。食事は、おいしくはないが、3度デザート付（その他に朝・夕のティー・ブ

レイクあり）。おかげで簡単に10kg 体重増！　年下の面倒をみたり、ハプニングありで様々なことが起こった。

II-①

　ヨーロッパからの留学生など世界各国からの学生が勉強していたので、よくみんなでパーティーを開いて国の料理を持ち寄ったりしていた。休みにはヨーロッパの友達の家を訪ねたりして楽しく過ごした。ギリシャ人の友人はオリンピックの聖火を灯す儀式に参加する関係で、長野オリンピックの時、長野で再会することができた。オックスフォードは学生の街なので、よい雰囲気のパブなどが多くあり Pub Crawl（パブのはしご）はよい思い出のひとつ。

住まい：学生寮

　友人との共同生活1年目は大学のすぐ近くの寮で生活。はじめは自転車で通学していたが盗まれて徒歩の生活に。冷蔵庫の中の物は、名前を書いてもすぐ盗まれた。寮費は安かったが、電話・トイレ・シャワー共同。2年目は、同じ大学の学生（女性）四人と1軒家を借りる。そのうちのアイルランド出身の年上学生は、極端に節約家だったため、色々話し合いをもったが、もめた。他のイギリス人二人はベジタリアンで、常に野菜ばかり。トイレットペーパ

一、ごみ捨て、掃除、ガス代などなど日常生活での問題の種はつきなかった。

Ⅱ-②

大学院での勉強は、学士号のものよりさらに厳しく、本を読む量も倍以上あり、毎日を図書館で過ごしていた。特に論文完成に至るまでは、ストレスも多く髪がうすくなった。

住まい：一人暮らし

ロンドンのフラットで一人暮らし。かなり広かったのとロンドン中心地から近かったので、友人が泊まりにきたり、食料を求めて遊びに来ていた。基本的なものは全て揃っていたので快適な一人暮らしだった。

① 留学を決めた理由

小学6年の卒業を控えた頃、父から「これからは、世界を知らなくてはいけない。まずは、お隣の国、中国を知るために旅行してきなさい」と言われ、子供だけのツアーに参加し、北京・上海を訪れる。そこで大きなカルチャー・ショックを受けた。英語と中国語を話せる添乗員に憧れ、英語に興味を持ち、また海外旅行に目覚める。両親から常日頃、「人生、苦労はつきものだから好きな事で苦労しなさい。あ

なたのやりたい事をみつけなさい」と言われており、15歳の時自分には「英語」だと思い、英語重視（理数系は最小限でよかった）であった私立高校を選択。そこで留学がとても身近なものになり、日本の大学への進学に疑問を抱いていたので海外の大学への留学を決意。

② **留学前のホームステイおよび海外旅行経験**

中学2年生の時、夏休みを利用して、子供だけのツアーに参加し、オーストラリアへ行った。その時の添乗員がイギリス人で、海外での生活マナーを教えてもらった。中学3年生の夏休みにはカナダでホームステイをした。また高校生の時1カ月ほどアメリカ西海岸およびイギリス（ホームステイ）へ旅行した。自分が学校で習った片言の単語でもコミュニケーションがとれることを知り、英語を話すことの楽しさを学んだ。また、食事（ハンバーガーやステーキの大きさが違う事）や壮大な景色など目に入るものがとても新鮮で、この頃の旅行はよく写真を撮っていた。

③ **留学先を選んだ理由・評価**

当時日本人が少なかったことと（周りの選択も北米が多かった）、英語圏の国々を訪問した中で一番

「肌があっている」と感じたため。しかし、イギリスの教育制度は日本のものと異なるため、大学進学の資格取得を目指し、2年間寄宿学校で勉強することに。当時、北米を中心とした留学斡旋業はあったがイギリスへは少なく、また費用がとても高かったため、周囲の協力を得て自分で手紙を書き、留学先を探した。

　寄宿学校生活は、精神的にも肉体的にも変化に富んだ、刺激の多い濃い2年間だった。辛いこともたくさんあったが、自分を信じることを学び、英語も含めてたくさんの事を学んだ。学年では日本人は私一人だったこともあり、勉強についていくのに必死の日々が続いた。また、イギリス留学時代を通じてのことだが、周りの人たちに恵まれた状況であり、英語取得や日常の様々な事に対して周りに助けられた。寄宿学校での生活＆授業は、英語を習ううえで多いに役立った。イギリスに渡ってから「英語」を習うことはなかったため、英語にどっぷり漬かった生活で習得したものは大きい。

④ 大学での専攻と選んだ理由

　　大学；Economics and Sociology（経済学および社会学）
　　大学院；Communication Policy Studeis（社会学）

があると思うので、行く前と帰国後では見方が少し変わったと思う。

⑰ どこの国も日本ほど安全ではない？

はい。日常生活の中で常に「自分の身は自分で守らないといけない」緊張感、警戒心があった。また、テロ事件も起こったりしていて、いる場所から避難する事もあった。

⑱ 海外生活で得たこと・得ること

英語力。教養。視野が広がった（世界で起きている事への関心が広がったのと、より客観的に物事をとらえるようになった）。自分のアイデンティティー。日本を客観的に見る目。かけがえのない友情と素晴らしい思い出。

⑲ 留学しなければ日本で何をしていましたか？

大学進学はしていたと思うが専攻など深く考えたことがないのでよく分からない。

⑳ 留学していた国についてどう思っていますか？

住んでみないことには分からない事がたくさんあり、外に出たおかげで改めて日本を認識することができた。イギリスにも日本より素晴らしい部分が多

くある。私の第二の故郷。

㉑ もし生まれ変わったとしても留学しますか？

はい、英語圏以外の国にも若いうちに留学したい。

㉒ 兄弟、姉妹も留学されていますか？

海外旅行は小学生の頃から私と同じようにしていたが、弟は外国に興味はなかった。

㉓ 海外での経験は今どのように生かされていますか？

大学での専攻内容自体ではないが、勉強に関係する部分で（読解力、表現力、文章力、リサーチ、チームワーク、コミュニケーションなど）得たものは現在でも役立っている。生活を楽しむための工夫などが現在の日本での生活にも溶け込んでいる。

㉔ 取得した英語のスキルをどのように維持していますか？

英字新聞やテレビ・ラジオ。職場で使う英語。

㉕ （対象外）

㉖ 日本に帰国してカルチャーショックはありますか？

はい、以前勤めた外資系の会社は、トップ以外は日本人従業員で、日本的な環境で馴染めなかった。

㉗ （対象外）───────────────────────

㉘ 海外で生活する可能性は？ ───────────────

　　　　可能性はあると思うが、現時点での予定はない。
　　今は日本で頑張ってみようと思う。

㉙ 将来の目標は？ ──────────────────

　　　　自己の確立。まだ、自分が人生において、本当に
　　やりたいことを探している最中。今までの経験、こ
　　れからの可能性を信じて、失敗しながらも様々なこ
　　とにチャレンジし続けたい。興味と仕事がバランス
　　よく生活できるのが理想。

㉚ これから留学する人へのメッセージをください ─────

　　　　目的意識を持ち、自分を信じて頑張ってください。
　　簡単なことではないですが、得るものも大きいと思
　　います。成し遂げようとする情熱は、何ものにも変
　　え難いエネルギー。頑張れば自分に返ってくるもの
　　があり、チャレンジし甲斐のある生活だと思います。
　　失敗を恐れずに頑張ってください。

あとがき

これから留学する人へ

　卒業を目的とした留学は、大変なことの方が多いと思います。母国語でも大変な量の課題をこなすこと、ディスカッションに強いアメリカ人と同等レベルで議論することなどなど。

　勉強だけならまだしも、単身留学をすれば、生活にまつわるいろんな大変なことを経験することになります。充分、覚悟してください。

　先々のために今、苦労をする、楽しいこと、楽なことを制御する、これが本当に誰にとってもいいことなのかどうか分かりません。今が楽しければいいじゃ〜んというのも理解できるから。実際、今は今しかないのだから。でも、多少つらくとも、目標を持って、成し遂げれば、良いように自分に返ってくると私は思います。すぐに結果が出なくとも、いつか……。

　少なくとも、私は海外での生活で我慢をした結果、それ以上の何かを得た自信があります。遊学でもいい、単なる旅行ではなく、半年程度でも良いので、海外で一度生活をしてみてください。高級ブランドバッグを1つ諦めるだけで短期間留学が可能です。日本以外の国で暮らす、違う国の人と生活する、価値観の異なる人とコミュニケーションすることによって、言葉では伝えられないほどの感動を得ることができま

寄宿学校時代、大学入試資格を得るために3科目選択する必要があり、経済学を選択したかったが、結局理数系を選択したので、大学では経済学を選んだ。社会学には少し興味があったため選択。

大学院での専攻は、メディア関係の勉強をしたかったため、コースがある学校を選択。

⑤ 専攻した学部での学習は役立っていますか？

直接的に現在の仕事内容に関係はないが、局部的に勉強した知識が役立つことは多い。

A-level で勉強していた科学・物理の知識は、技術的文書を理解するのに役立っている。大学院の専攻内容の一部は、現在の職務のバックグラウンドの理解に関係がある場合がある。

⑥ 留学において予定以上にかかった費用

ほとんどのことにおいて。まずイギリスを選択した時点から（当時英国ポンドが高かった）寄宿学校選択（生活費を含む学費が高くついた）、物品送付代（イギリスにはあまり物がなかったため様々なものを送ってもらった）、年2〜3回の海外旅行、日本への往復費用などなど。文句を言わずにサポートし続けてくれた両親に大変感謝！

⑦ 英語をマスターするために努力したことは？

　　　　留学以前特にこの努力をした、というのはない。しかし、英語の成績は良かったし、予習・復習はちゃんとしていた。イギリスでは、日本人との交わりを極力さけて出来るだけ多く英語を使うようにしていた。

⑧ 卒業後の経歴

　　　　帰国就職派。

　　　　外資系2社（テレビ通信販売会社・第三者認証機関）、日系1社（特許事務所で主に翻訳）を経て現在4社目の某国大使館に勤務。特に業種にはこだわりはなく、その時々に興味を持った会社へ転職。

⑨ 日常生活で英語を支障なく使い始めたのはいつ？

　　　　寄宿生活が半年経った頃から、コミュニケーションはよくとれるようになった。大学の勉強量は多かったがよい成績で卒業できた。大学院での勉強量・レベルは半端ではなく、大変だった。

⑩ 留学における心に残るエピソード

　　　　本が一冊書けるくらいあるので難しいが、よい人たちとの出会い、ふれあいによって自分が守られ、助けられたこと。失敗や、辛い、苦い思い出は山の

ようにあるが、年月が経つとともに懐かしい思い出に変わっていくような気がする。

　寮生活1年目に学校からオランダ、アムステルダムへ美術館などをめぐるバスでの小旅行に参加した帰り、朝食をアムステルダムでとり、昼食をベルギーで、夕食をイギリス（寮）でとったことがあった。島国の日本で育った私には大陸の意識がなかったが、この旅でヨーロッパ大陸の近さを実感した。また、隣接している国でも風土や文化が異なることに触れることができ、興味深かったし楽しかった。これ以降、よくヨーロッパへ旅行をするようになった。ロンドンは交通の便もよく、リーズナブルな料金で旅行ができたのは良かった。大阪から東京へ行く感覚でパリで週末を過ごしておいしいバゲットを食べられ、勉強でたまったストレスのよい気分転換にもなった。

⑪ （対象外）

⑫ **海外生活にピリオドを打った理由**

　外国人がイギリスで就職し、自立した生活をすることは難しく、また留学目的も果たしていたので。

⑬ 海外生活においてつらいこと

　　勉強。安全面での緊張感。人を簡単には信用できない、一人暮らしに慣れるまで。

⑭ どういう文化の違いを感じますか？

　　コミュニケーション（英語と日本語）の違い。言葉は伝えて理解してもらうためにあるのだと実感した。歴史の違い。食文化や基本的な考え方が違う中での生活は戸惑いやすれ違いがおきたりもするが、それを越え、自分にも理解ができてくると楽しさも増す。マナー（レディ・ファーストを含む）。文化・教養に対する認識の差。日本とは違い、先進的な考え方に対するチャレンジ。物質主義ではなく（一般的に物を大切にする）、ボランティアの精神がある（日本のものとは少し異なる気がする）。イギリス社会の中に存在する階級社会、文化の差や差別。

⑮ 日本と留学先の文化の共通点は？

　　島国根性。人間の本質。

⑯ 海外で生活すると日本人男性に魅力を感じなくなる？

　　個人の好みの問題だと思うので、特に「日本人男性に魅力を感じなくなる」とは思わない。生活習慣の違いや異性に対する接し方が日本人とは違う部分

があると思うので、行く前と帰国後では見方が少し変わったと思う。

⑰ どこの国も日本ほど安全ではない？

はい。日常生活の中で常に「自分の身は自分で守らないといけない」緊張感、警戒心があった。また、テロ事件も起こったりしていて、いる場所から避難する事もあった。

⑱ 海外生活で得たこと・得ること

英語力。教養。視野が広がった（世界で起きている事への関心が広がったのと、より客観的に物事をとらえるようになった）。自分のアイデンティティー。日本を客観的に見る目。かけがえのない友情と素晴らしい思い出。

⑲ 留学しなければ日本で何をしていましたか？

大学進学はしていたと思うが専攻など深く考えたことがないのでよく分からない。

⑳ 留学していた国についてどう思っていますか？

住んでみないことには分からない事がたくさんあり、外に出たおかげで改めて日本を認識することができた。イギリスにも日本より素晴らしい部分が多

くある。私の第二の故郷。

㉑ もし生まれ変わったとしても留学しますか？
はい、英語圏以外の国にも若いうちに留学したい。

㉒ 兄弟、姉妹も留学されていますか？
海外旅行は小学生の頃から私と同じようにしていたが、弟は外国に興味はなかった。

㉓ 海外での経験は今どのように生かされていますか？
大学での専攻内容自体ではないが、勉強に関係する部分で（読解力、表現力、文章力、リサーチ、チームワーク、コミュニケーションなど）得たものは現在でも役立っている。生活を楽しむための工夫などが現在の日本での生活にも溶け込んでいる。

㉔ 取得した英語のスキルをどのように維持していますか？
英字新聞やテレビ・ラジオ。職場で使う英語。

㉕ （対象外）

㉖ 日本に帰国してカルチャーショックはありますか？
はい、以前勤めた外資系の会社は、トップ以外は日本人従業員で、日本的な環境で馴染めなかった。

㉗ （対象外）

㉘ **海外で生活する可能性は？**

　　　可能性はあると思うが、現時点での予定はない。今は日本で頑張ってみようと思う。

㉙ **将来の目標は？**

　　　自己の確立。まだ、自分が人生において、本当にやりたいことを探している最中。今までの経験、これからの可能性を信じて、失敗しながらも様々なことにチャレンジし続けたい。興味と仕事がバランスよく生活できるのが理想。

㉚ **これから留学する人へのメッセージをください**

　　　目的意識を持ち、自分を信じて頑張ってください。簡単なことではないですが、得るものも大きいと思います。成し遂げようとする情熱は、何ものにも変え難いエネルギー。頑張れば自分に返ってくるものがあり、チャレンジし甲斐のある生活だと思います。失敗を恐れずに頑張ってください。

あとがき

これから留学する人へ

　卒業を目的とした留学は、大変なことの方が多いと思います。母国語でも大変な量の課題をこなすこと、ディスカッションに強いアメリカ人と同等レベルで議論することなどなど。

　勉強だけならまだしも、単身留学をすれば、生活にまつわるいろんな大変なことを経験することになります。充分、覚悟してください。

　先々のために今、苦労をする、楽しいこと、楽なことを制御する、これが本当に誰にとってもいいことなのかどうか分かりません。今が楽しければいいじゃ〜んというのも理解できるから。実際、今は今しかないのだから。でも、多少つらくとも、目標を持って、成し遂げれば、良いように自分に返ってくると私は思います。すぐに結果が出なくとも、いつか……。

　少なくとも、私は海外での生活で我慢をした結果、それ以上の何かを得た自信があります。遊学でもいい、単なる旅行ではなく、半年程度でも良いので、海外で一度生活をしてみてください。高級ブランドバッグを1つ諦めるだけで短期間留学が可能です。日本以外の国で暮らす、違う国の人と生活する、価値観の異なる人とコミュニケーションすることによって、言葉では伝えられないほどの感動を得ることができま

す。同時に自分の価値観を広げ、向上させる結果となるのです。

　今後も、日本人だけでなく、大勢の人がよその国で生活して交じり合い、違う国の人の考え方、文化を理解して分かち合うようになれば、差別も戦争もいつかなくなるのでは……そう願っています。

　WORLD PEACE！

【著者プロフィール】

片寄 有智子（かたよせ うちこ）

1973年　大阪生まれ。
1996年　ニューヨーク・私立ペース大学経済学部卒。
　　現在　外資系ソフトウェア会社勤務。

留学ぶっつけ本番！──6人の女性のその後──

2002年10月15日　初版第1刷発行

著　者　片寄 有智子
発行者　瓜谷 綱延
発行所　株式会社文芸社
　　　　〒160-0022　東京都新宿区新宿1-10-1
　　　　　　　　電話　03-5369-3060（編集）
　　　　　　　　　　　03-5369-2299（販売）
　　　　　　　　振替　00190-8-728265

印刷所　株式会社ユニックス

©Uchiko Katayose 2002 Printed in Japan
乱丁・落丁本はお取り替えいたします。
ISBN4-8355-4491-9 C0095